훔치고
싶은 시간

▶▶▶ 남정인 수필집

훔치고 싶은 시간

이지출판

내가 찾던 '그 무엇'

전주에 가면 콩나물 국밥집에 간다.

전주, 하면 콩나물국밥이라는 등식이 입력되어서일까.

국밥에는 두 가지가 있다. 뚝배기에 처음부터 밥을 넣고 끓여 내는 방법과 뚝배기에 밥을 담아 뜨거운 국물로 토렴하는 방법.

나는 후자를 좋아한다. 식은 밥에 뜨거운 국물을 여러 번 반복해서 말아 주면 밥알이 말랑해진다. 그러면 센 불에 끓인 밥처럼 퍼지지 않고 국물이 맑아서 개운하다.

강하지 않고 은근하면서 깊은 맛.

내 입맛 취향은 그렇다.

글도 그렇게 쓰고 싶었다.

그런데 생각과는 달리 끓어 넘칠 것만 같았다. 누가 쫓아 오는 것도 아닌데 달리고 싶었다. 뒷모습 같은 건 미처 생각할 새도 없었다.

　그러나 달리고 싶은 마음만 앞설 뿐, 생각처럼 앞으로 나아가질 않았다. 100미터쯤 단숨에 달릴 것 같았는데, 얼마 지나지 않아 다리에 추가 달린 듯 무겁고 호흡만 가빠졌다.

　내가 살아갈 날의 밑그림을 그렸던 시간.

　정신없이 써 내려가다 보면 때론 헤어나지 못할 구속 같기도 했다. 적당히 나를 조이는 구속. 그 구속이 부담스럽기보다는 오히려 편안했다.

　내가 찾던 '그 무엇' 이었기 때문일까. 좋아하는 일을 하며 즐기고 살 수 있는 그 무엇.

　막상 원고를 출판사에 보내고 나니 내 몸에 있던 블랙박스를 떼어 보낸 것 같아 판독이 두렵다. 주로 내 얘기지만 나도 미처 몰랐던 것까지 들춰지면 어쩌지, 하는 두려움.

아무래도 좋다고 말할 수 있는 배짱이 생길 날이 올까.

내가 달렸던 목표점은 아버지였다.
아버지는 내가 글 쓰는 것을 무척 좋아하셨다. 아버지의
눈엔 그저 글을 쓰고 있는 막내딸이 기특하셨나 보다. 돌아
가시기 하루 전에도 내게 언제 책을 낼 건지 묻던 아버지.
그래서 빨리 달리고 싶었는지도 모른다.
아버지가 무서워 내 청춘이 우울했다고 원망하면서 잘 해
드리지도 못했던 못난 딸에게 의지하시다가 지난해 유월 어
느 날 아침, 마지막으로 막내딸을 눈에 담고 떠나셨다.

그런데 아버지는 내게 맡기고 간 아내가 영 마음에 걸리셨
던가 보다. 당신이 끝까지 챙기셨던 아내에게 같이 가자고
손을 내미셨다. 아버지 가신 지 여섯 달 만에 엄마는 아버지

손을 잡으셨다. 마지막 교정을 끝내고 인쇄만 남아 있을 때였다. 결국 나는 유년 시절로 돌아가 시간을 훔쳐 오는 데 실패하고 말았다.

두 분이 돌아가시고 난 후에야 책을 낸다.

"아버지! 엄마! 보이세요? 맨 먼저 두 분에게 이 책을 드립니다."

넘어지지 않게 지켜 주신 손광성 선생님.

늘 성원해 주시는 소학마을 촌장님.

함께한 문우님.

그리고 사랑하는 가족.

고맙고 고맙습니다.

2018년 정월

남정인

제2장 남정인법

제3장 어느 하루의 추락

제4장   권력에서 멀어진 남자

제1장
열 살의 전 재산

나는 그때 그 일을 알고 있다

내 고향 익산은 바다도 높은 산도 없는 곳이다. 산이래야 조그만 동산 정도여서 버섯이나 산나물은 거의 없었다. 생선도 이고 오는 행상 아주머니들에게 의존할 수밖에 없었다. 먹을거리가 다양하지 않은 곳이었다. 하지만 쌀이 많이 나 명절에 떡은 풍족했다.

싱싱한 생선을 맛보는 것은 겨울에나 가능했다. 겨울엔 생선 장수 아저씨가 명태를 지게에 지고 왔다. 자연 냉동이 가능해서인지 엄마는 아저씨가 가져온 대로 다 샀다. 지붕만 있고 앞뒤가 뻥 뚫린 허청에 죽 걸어 놓으면 명태 덕장 같았다.

봄엔 그런대로 생선이 몇 가지 있었다. 염장이나 반건조된 갈치나 서대를 지금처럼 몇 마리가 아니라 묶음, 다발, 아니면 볶음으로 팔았다. 단골 아주머니가 준치, 병어, 고등어 그리고 지금은 사라진 아지 같은 것들도 가지고 오기만 하면 빈 다라이로 돌아가곤 했다. 그 철에만 오기 때문이었을 것이다.

염장할 수밖에 없는 그 시절엔 젓갈을 많이 담갔다. 보리가 누렇게 익을 즈음엔 황석어 젓갈을 담가야 한다고 했던 것이 생각난다. 조기, 꼴뚜기, 밴댕이젓도 그때쯤이었을 것이다.

한여름엔 거의 생선 구경을 할 수 없었다. 새우젓과 조개 젓 장수 아주머니들이 주로 강경 쪽에서 넘어왔다. 넓고 낮은 허연 양은 다라이를 머리에 인 젓갈 장수 아주머니. 똬리에 달린 끈이 얼굴 중간으로 흘러내리는 모습은 누구나 비슷했다. 다라이를 내려놓을 때 끈을 입으로 물어야 똬리가 떨어지지 않기 때문이었다.

머리에 인 다라이를 두 손으로 잡고 걸으면 안정돼 보였다. 간혹 한 손으로만 잡은 아주머니는 그런대로 괜찮았다. 그런데 아예 두 손을 다 내려놓고 걷는 아주머니는 보기에도 아슬아슬했다. 머리에 접착제를 붙여 다라이와 한몸인 듯 리듬을 타며 걷는 모습은 곡예사 같았다.

젓갈 장수 아주머니는 단골로 오는 분도 있고 몇 번 왔다 오지 않는 분도 있었다. 그중 애기 업은 젊은 아주머니를 처음 만났다. 아주 특이했다. 머리에 물건을 이고 애기를 업은 모습은 흔히 봤기 때문에 별일은 아니었다.

그런데 아주머니는 두 손을 그저 앞뒤로 흔들기만 할 뿐, 애기도 다라이도 잡지 않고 걸어가는 것이었다. 두 손을 놓고 걷는 아주머니보다 몇 수나 위였다. 아기는 골반뼈 위치에 매달려 엄마가 걷는 대로 흔들리고 있었다. 대롱대롱 매달려 있다는 표현이 맞을 만큼 애기가 힘들어 보였지만 흔들리면서도 곤히 자고 있었다. 아주머니의 빈손은 자주 애기를 추스를 뿐이었는데 그러느니 차라리 애기를 잡으라고 몇 번이나 말하고 싶을 지경이었다. 손을 흔들어서인지 걸음이 빨랐다.

아주머니의 묘한 상황에 이끌려 나는 상당히 먼 거리를 따라가게 되었다. 집으로 가는 길이긴 하지만 지름길이 아니어서 훨씬 먼 길이었다. 어느 집 앞에 다다르자 아주머니는 대나무로 엮은 대문을 밀치고 들어가고 나는 길이 끊겨 버린 듯 멈춰 설 수밖에 없었다. 마치 홀린 듯 뒤를 쫓아왔기 때문에 순간 어찌해야 할지 생각이 나지 않았다. 뒤돌아서기는 아쉽고 따라 들어갈 수도 없었다.

만약 따라 들어갔다면 시골 동네에서 다 아는 집인데 왜 왔냐고 묻는다면 체면도 안 설 일이었다. 아버지는 늘 우리 사 남매에게 부모 체면 깎는 행동을 하지 말라고 귀에 못이

박히도록 말씀하셨기 때문에 어린 마음에도 새우젓 장수를 따라 남의 집에 간다는 것은 체면 깎일 일이라고 생각했을 것이다. 들어가지 못하고 한참을 망설이다 돌아서려는데 안에서 거래가 이루어지고 있었다. 보리쌀로 새우젓 값을 대신하겠다는 얘기였다. 말하자면 물물교환인 셈이다.

흥정이 끝나고 고객 아주머니는 보리쌀을 가지러 광으로 가고, 새우젓 아주머니는 막간을 이용해서 아기를 내려놓았다. 그런데 예기치 않은 일이 벌어지고 말았다. 아기를 다라이 옆에 뉘자마자 순간 발사! 아기의 오줌이 포물선을 그리며 새우젓 속으로 떨어지고 있었다.

나는 너무 놀라 소리를 지를 뻔했다. 그런데 아주머니는 표정 하나 흐트러짐 없이 천연덕스럽게 새우젓을 사발로 두어 번 휘저었다. 그러곤 아무 일 없었다는 듯 아기를 안아 젖을 물렸다. 고객 아주머니는 아무것도 모르고 보리쌀을 주었고, 새우젓 아주머니는 새우젓을 한 사발 퍼서 작은 단지에 담아 주었다.

목격자가 된 나는 집으로 오면서 그 사실을 비밀로 해야겠다고 마음먹었다. 새우젓 장수를 따라간 사실도 그랬지만 문 밖에서 남의 집 안을 훔쳐 본 것은 결정적으로 혼날 일이었기 때문이다. 그러니 오줌이 포물선을 그리며 낙하

한 지점에 대해선 쉽사리 발설할 사안이 아니었다.

그런데 오줌 섞인 새우젓을 우리 집에 팔러 오면 어찌해야 하나. 아기 업은 행상 아주머니 물건은 웬만하면 사 주는 엄마 때문에 걱정을 안 할 수 없었다. 사실대로 말을 해야 하나 마나 하면서 몇 시간이 지나갔고, 다행히 엄마 퇴근 후에도 그 아주머니는 우리 집에 오지 않았다.

그러나 그 아주머니의 새우젓을 믿을 수 없었다. 아니 그 아주머니를 믿을 수 없었다. 언젠가 우리 집에 온다면…. 궁리를 하다 보니 묘안이 떠올랐다. 아주머니가 행여 우리 집에 오기 전에 새우젓을 많이 사 놓으면 혹시 모를 오줌의 낙하 지점을 피해 갈 수 있으리라.

한 사람은 생선 종류, 한 사람은 젓갈 종류, 2인 1조로 우리 집에 오는 두 아주머니가 있었다. 며칠 후 드디어 두 분이 등장하자 나는 엄마에게 새우젓을 많이 사라고 졸라댔다. 이유를 모르는 엄마는 별일이라며 내 말을 귀담아 듣지 않았지만, 젓갈 아주머니는 아주 흡족해했다. 자주 오시라는 부탁도 잊지 않았다.

십 리 정도 떨어진 곳에 오일장이 서는 날. 나는 신작로에 서 있다가 수박이나 참외를 팔러 가는 아저씨가 보이면 아버지가 오시라고 했다며 집으로 데리고 갔다. 그렇게 데리고 가면 무슨 일인가 의아해하던 아버지가 눈치채고 웃으며 사주셨다. 막내딸에게만 통하는 특권이었다. 그 특권으로 가당치 않게 새우젓을 많이 사라며 엄마에게 강요했던 것이다. 새우젓을 다 먹기 전에 꼭 다시 오시라고 아주머니와 약속하고서야 안심이 됐다.

저녁 밥상에 새우젓이 올라 있었고 엄마는 아버지에게 낮에 있었던 얘기를 하는 눈치였다. 많이 사라고 졸라댄 것이 걱정되셨을까, 아니면 내가 원하는 대로 다 들어주면 안 되겠다는 말씀을 하셨을까. 좀 곤란하거나 비밀스러운 말은 일본 말로 하기 때문에 알아들을 수는 없었다. 단지 아버지께서 이유를 묻지 않는 것만으로도 다행이었다.

유별스럽게 유년 시절의 기억이 선명한 난 이상하게도 그 일은 입밖에 꺼내 보질 않았다. 힘든 시절 그 아주머니가 아기와 다라이를 잡지 않고 걷던 모습도, 오줌의 포물선도…. 유난히 비위가 약했던 나는 어쩌면 애잔한 마음보다 불결하다고 느낀 것이 더 컸기 때문이었을까.

삶의 무게만큼이나 짜고 무거운 새우젓을 머리에 이고 아기를 매단 채 곡예사처럼 걸어가던 아주머니.

'그 해 여름 새우젓 아주머니가 한 일을 나는 알고 있다.'

그 마음을 지우기로 했다.

작은 저항

네댓 살쯤이었을까. 일찍 자고 꼭두새벽에 일어나던 나는 늘 심심했다. 엄마, 아버지, 언니, 오빠까지 일어나려면 한참을 기다려야 했으니까. 그러나 우거진 대나무 숲에서 작은 동굴을 발견하고 자유이용권을 가지던 날부터 혼자서도 견딜 만했다.

키가 작은 대나무 숲은 아랫집과 경계였다. 울타리인 셈이다. 이른 새벽 울타리엔 잠자리가 댓잎 가느다란 끝에 매달려 자고 있었다. 나는 작은 어깨를 움츠리고 숨을 참으며 손가락을 벌리고 다가가 잠자리를 잡았다. 사실 새벽녘이어서 잠에서 덜 깬 데다 날개까지 젖어 있는 잠자리를 잡는 것은 꽃잎 따는 것만큼 쉬웠다.

잠자리를 잡아 손가락 사이마다 끼웠다. 엄지와 검지 사이엔 서너 마리를 더 채울 수 있었다. 바가지로 덮어 가두면서 넘쳐나도록 잡았다. 되도록 천천히. 그러다 보면 젖은 날개가 마른 놈은 탈출하기도 했다. 어떤 날은 바가지 하나로는 다 가둘 수가 없어 두 개가 될 때도 있었다.

다 잡고 나서 우물가 평상에 앉으면 장미 넝쿨 사이로 아침 햇살이 비쳤다. 그때 바가지를 들추면 잠자리 떼가 이슬을 털고 날아올라 비행기가 구름 속으로 사라지는 것처럼 햇살 속으로 사라져 갔다. 몇 놈은 날아가지 못하고 평상 위에서 버둥대기도 했다. 양쪽 날개를 번갈아 불어 주면 이내 날아갔다. 잡혔다는 공포감 때문에 비틀거리기는 했어도 투명하고 얇은 날개가 부스러지거나 찢어지지 않았다.

잠자리 날개는 나비 날개 같지 않았다. 질기고 강했다. 마지막 한 놈까지 날아가 버린 하늘을 바라보며 내 여름날 아침 의식은 끝이 나고 비로소 가족의 아침이 시작되었다.

아침 햇살이 피어오르기를 기다리면서 잠자리를 잡아 방생하듯 날려 보내는 여름은 좋았다. 봄, 가을의 새벽도 그런대로 괜찮았다. 넓은 시골집은 춥지 않으면 혼자서도 놀 수 있는 곳이 여기저기 있었다. 꽃밭, 텃밭, 강아지, 닭…. 모두 내 친구가 되어 주었다.

그런데 겨울은 고역이었다. 밖은 춥고 놀거리도 없었다. 할 것이 없어 언니 오빠를 억지로 눈뜨게 하면 짜증과 함께 손발이 날아왔다. 그렇게라도 심심함을 달랠 수밖에 없었다.

난 그렇게 완전 새벽형, 새 나라의 어린이였다. 일찍 자고 일찍 일어난다는 이유로 자주 칭찬을 들었고, 형제끼리 다투어도 벌 받는 자리에서 늘 열외였다.

칭찬과 함께 따르는 기대에 부응하기 위해 나는 또 얼마나 애를 써야 했는지 모른다. 담배 가져오라는 아버지의 말씀이 떨어지면 담배와 재떨이, 성냥을 한꺼번에 들지 못해 치마로 싸안거나 소쿠리에 담아 아버지 앞에 대령하는 센스. 그러다 보니 심부름의 내용과 강도와 빈도수가 날이 갈수록 높아져 갔다. 나중에는 말 잘 듣고 심부름 잘하는 것이 부작용이 되어 언니 오빠가 해야 할 심부름까지 하게 됐다.

일곱 살 어느 일요일. 모두 자고 있는데 아버지가 나를 깨웠다. 안개가 짙은 새벽, 농약 뿌리는 아저씨 집에 가서 일하러 오라고 전하라는 심부름이었다. 2킬로미터쯤 되는 거리였다. 게다가 아저씨를 알지도 못했고 그 집이 어딘지도 몰랐다. 대강 설명만 듣고 전설의 고향의 저승사자가 나올 것 같은 안개 속 논길과 밭길을 가는데 눈물이 절로 나왔다. 너무 무서워서 소리 내어 울면서 달렸다.

어떻게 갔는지조차 모르게 동네에 들어서자 부지런한 멍 멍이들이 나를 보고 짖어댔다. 탱자나무 울타리 집을 찾았 다. 개 짖는 소리에 아저씨가 나오더니 나를 알아보고 혼자 왔느냐고 물었다. 보통 농사일을 하는 분 같지 않게 말쑥해 보이는 아저씨는 놀라는 기색이었다. 괜히 창피해서 용건 만 말하고 뒤도 돌아보지 않고 집을 향해 또 달렸다.

앞머리 끝에 이슬이 맺히도록 달려갔다 왔더니 일하는 아 주머니만 부엌에서 아침밥을 짓고 있었다. 그때까지 아무 도 일어나지 않았던 것이다. 심부름 시킨 아버지마저도.

숨이 차도록 달려갔다 왔을 때까지만 해도 무서웠다는 것 외엔 별 다른 생각은 없었다. 그런데 모두 자고 있는 모습을 보니 화가 났다. 왜 나에게만 심부름을 시키는지 억울했다.

아무튼 내 별명은 '소사'였다. 학교에서 갖은 심부름을 하는 사환을 일본말로 소사라고 하는데, 칭찬인지 뭔지 모 를 별명을 아버지가 붙여 주셨다. 지금 생각해 보면 시키면 시키는 대로 심부름을 잘하니까 내 나이 대비 심부름 수위 조절을 못하셨던 것 같다. 버거운 심부름을 할 때마다 언니 오빠도 할 수 없는 것을 내가 해낸다는 칭찬에 괜한 자부심 도 있었다.

그런데 그날은 아니었다. 대나무 울타리로 갔다. 잠자리

가 보였지만 어깨를 움츠리고 숨을 고르며 잡을 만큼 마음
이 고요하지가 않았다. 억울한 마음에 심술이 났다. 대나무
가지를 있는 힘을 다해 흔들어 젖혀 버렸다. 갑자기 뒤집힌
잠자리의 잠자리. 잠자리들은 영문도 모른 채 허둥댔다. 망
가진 모습으로 비틀거리며 날 듯하다가 땅에 내려앉기도 했
다. 엉뚱한 분풀이를 당한 잠자리를 보니 미안한 마음도 들
었지만 내가 잠자리보다 더 억울한 것만 같았다.

마당 귀퉁이에 서서 땅을 파듯 발로 걷어차도 좀처럼 화
가 풀리지 않았다. 평상에 걸터앉아 장미꽃을 손에 잡히는
대로 뜯어 사방이 빨개지도록 흩뿌렸다. 잠시 후 아버지께
서 날 찾는 소리가 들렸지만 대답하지 않았다.

그날은 아침밥도 먹지 않았다.

그 나물이 담배풀이라니

봄볕이 따사로운 어느 날. 그날도 아랫집 영순이와 나는 학교가 파하자 지름길인 논길을 따라 집에 가고 있었다. 학교에서 집까지는 오 리쯤 되는데, 집에 다 가도록 한 사람도 보이지 않는 그런 길이었다.

날씨가 풀려서인지 나른했다. 그날따라 집이 더 멀게 느껴지고 가방도 무거웠다. 누가 뒤에서 잡고 있는 것처럼 발걸음이 잘 떨어지지 않았다. 어깨를 축 늘어뜨리고 뒤를 돌아보니 멀리서 누군가 오고 있었다. 반가웠다. 기다릴 아무런 이유가 없었지만 심심하고 지루하던 우리는 아예 밭둑에 주저앉아 기다렸다.

무명 치마저고리에 작은 비녀를 꽂은 체장수 할머니였다.

등에는 할머니보다 더 큰 짐을 메고 있었다. 어른에게 먼저 말을 걸 수는 없고 그냥 지나가면 아쉬울 것 같았다. 다행히 할머니는 담배풀이 많은 밭둑을 가리키며 먹는 나물이냐고 물으셨다.

어른이 몰라서 물어본다는 것이 우리를 우쭐하게 했을까. 영순이와 난 합창하듯 맛있는 나물이라고 호들갑을 떨었다. 우리 고향에서는 개망초를 담배풀이라 했는데, 실은 먹는 나물이 아니었다. 소나 염소도 잘 먹지 않는 흔하디흔한 풀인데 왜 그랬는지 지금도 알 수 없다.

삼십 리도 넘게 걸어오셨다는 할머니는 이웃에게도 주겠다며 욕심을 냈다. 우리는 할머니를 도와 담배풀을 맛있는 나물인 것처럼 뜯었다. 괜히 신이 나서 할머니가 묻지도 않았는데 우리는 3학년이라며 집까지 알려 드렸다. 무엇에 씌었는지 할머니를 속인다는 생각은 전혀 없었다.

보자기가 묶이지 않을 정도로 많이 뜯었다. 제법 큰 나물 보퉁이를 머리에 인 할머니는 뿌듯해했다. 무겁게 이고 가는 할머니 뒷모습에 우리도 뿌듯했다.

담배풀이 자라서 꽃이 언덕을 하얗게 덮을 때쯤, 다시는 오지 않을 줄 알았던 할머니를 그 길에서 다시 만났다. 뜨끔했다. 아니나 다를까.

"야! 담배풀이라면서? 못 먹는 나물이라고 해서 다 버렸다. 어린 것들이 어른을 속여?"

거짓말을 들켜 버린 영순이와 나는 그 자리에 멈춘 채 고개를 숙였다. 할머니가 몹시 화를 냈기 때문에 죄송하다고 말할 틈도 없었다. 우릴 혼내고 집에 가서 엄마에게 고할 것만 같았다. 집을 알려 드리는 것이 아니었는데…. 후회가 됐다. 할머니가 우리 집을 지나 고개를 넘어가는 것을 보고 난 뒤에야 집으로 돌아왔다. 거짓말을 했다는 사실이 창피해서 우린 서로 아무 말도 할 수 없었다.

고학년이 되어 시조를 배울 때였다.

'이고 진 저 늙은이 짐 벗어 나를 주오.'

그 구절이 꼭 나를 꾸짖는 것 같았다. 선생님께서는 길 가다가 무거운 짐을 들거나 진 할머니 할아버지를 만나면 짐을 들어 드려야 한다고 하셨다. 삼십 리나 되는 먼 길을 무겁게 이고 갔을 할머니. 그런데 나는 등에 진 짐도 모자라서 더 보태 드렸으니…. 죄송한 마음이 남아 개망초나 무거운 짐을 든 노인을 보면 할머니 생각이 나곤 했다.

얼마 전 앞 동에 사는 윤 부인이 망초대 나물이 맛있게 됐다며 나를 불렀다. '윤 부인'은 맏딸에 맏며느리여서인지 성품이 넉넉하고 기품이 있어서 내가 붙여 준 호칭이다.

하얀 도자기 접시에 나물이 푸짐하게 담겨 있었다. 특별한 향은 없지만 진한 초록색만 봐도 건강에 좋을 것 같았다. 등산 갔다가 산자락 밭둑에서 뜯어 왔다는 망초대. 처음 보는 나물인데 고소한 참기름 향이 어우러져 맛있었다.

며칠 후 망초대를 뜯을 겸 가까운 산에 갔다. 산에서 내려와 밭둑으로 이어지는 길. 앞서가던 윤 부인이 날 불렀다.

"망초대가 여기 많이 있네."

나는 순간 멍해졌다. 담배풀이 윤 부인의 고향에선 망초대였고 정식 명칭은 개망초였던 것이다. 담배풀을 보면 할머니를 속였던 생각이 나곤 했는데, 며칠 전 볼이 터지게 먹은 것이 담배풀이라니. 헛웃음이 나오면서 나도 모르게 중얼거렸다.

"할머니, 먹는 나물이랍니다."

담배풀이 하얗게 피던 언덕. 무거운 짐을 메고 먼 길을 가야 하는 고단한 할머니의 뒷모습. 철없는 아홉 살 두 소녀가 차마 고개를 들지 못하고 서 있는 모습이 봄날 아지랑이 속에서 아련했다.

열 살의 전 재산

내가 초등학교 4학년 때였으니 부모님께서는 사십 대 초중반쯤 무렵이었다. 삶의 에너지가 넘칠 때여서인지, 그즈음 두 분은 자주 다투셨다. 내가 보기엔 아버지의 일방적인 화풀이였다. 아버지는 직장에 나가는 엄마를 못마땅해했다. 그만두라는 말을 할 때면 엄마는 교사가 당신의 천직이라며 그럴 수 없다고 했다. 아버지는 뜻대로 되지 않아서인지 별일 아닌 것에도 꼬투리를 잡았던 것 같다. 그러다 보면 다투고 엄마가 집을 나가는 사태가 발생하기도 했다.

어느 봄날, 엄마는 하얀 블라우스에 빨간 체크 점퍼스커트를 입혀 주셨다. 신이 나서 학교에 갔다 왔는데 집에 들어서기도 전에 싸늘한 기운이 느껴졌다. 대문 틈으로 들여다

보니 기억에서조차 지워 버리고 싶은 무서운 전쟁이 벌어지고 있었다. 언니, 오빠는 상급학교에 다니느라 집을 떠나 있어서 격전의 현장을 보는 것은 고스란히 내 차지. 결과는 엄마의 가출이었다.

난 대문 밖에 서서 엄마가 떠난 쪽을 향해 소리도 내지 못하고 울었다. 엄마 없는 집은 너무 크고 무서웠다. 집에 남은 건 '핸드'라는 백구와 도우미 아주머니와 나. 아주머니의 알아도 모른다는 듯 무표정한 눈빛은 야속했지만 그런 아주머니일망정 그 뒤에 나를 숨기는 것이 편했다. 나는 엄마가 아니고 아버지가 나갔으면 좋겠다는 생각을 했다. 그 생각은 아주 절실한 것이었다.

엄마가 없는 세상은 한 줄기 빛도 없는 공포의 너울을 뒤집어쓴 것만 같았다. 밤이 되고 컴컴해지자 더 슬펐다. 이불을 뒤집어쓰고 누웠지만 잠을 이룰 수가 없었다. 언니 오빠에게 갔을 거란 생각이 들었다. 입은 채로 나갔으니 돈이 없을 테고, 내가 차비를 보내 줘야 올 수 있다고 생각했다. 벌떡 일어나 저금통을 과감하게 해체했다. 백 원짜리 지전 다섯 장과 십 원짜리 동전 몇 개.

편지에 돈을 넣어 보낼 요량으로 엄마에게 편지를 썼다. 모두 석 장. 처음 써 보는 편지였다. 다 쓰고 나서 다시 읽어

보다가 나는 흐느껴 울었다.

다음 날 편지와 돈을 들고 우체국으로 향하는데 길가에 개나리가 피어 있었다. 막막하고 슬픈 눈으로 바라본 개나리꽃이 너무 눈부셔서 머리가 아팠다. 그래서인지 지금도 나는 개나리꽃도 노란색도 좋아하지 않는다.

한가한 시골 우체국. 아무도 없어 안을 기웃거리는데 늙지도 젊지도 않은 아저씨가 나왔다. 시골 동네라서 거의 다 아는 사람들이지만 그 아저씨는 처음 보는 사람이었다.

나는 편지와 나의 전 재산이 든 봉투를 봉하지도 않은 채 두 손으로 받쳐 공손하게 아저씨에게 주었다. 돈을 잘 부쳐 달라고 간곡하게 부탁했다. 나도 모르게 목소리가 떨렸다.

"아저씨, 제가 돈 부치는 방법을 몰라요. 우리 언니한테 빨리 갈 수 있게 해 주세요."

우체국 아저씨에게 돈과 편지를 주고 나니 마음이 놓였다. 돌아오면서 주문을 외듯 '엄마, 빨리 와'를 마음속으로 반복했다.

며칠 후 엄마가 돌아왔다. 출근해야 하니까 돌아오긴 했지만 냉랭한 전운은 쉽게 가라앉지 않았다. 굳은 표정을 풀지 않은 아버지와 엄마 사이에서 나는 어찌할 바를 몰랐다. 내 마음을 아는 듯 핸드만 꼬리치며 내 뒤를 따라다녔다. 손을 내밀면 발을 잘 주어 큰언니가 '핸드'라는 이름을 지어 주었는데, 그땐 핸드가 곁에 있어 조금은 위로가 되었다.

토요일에나 오는 언니 오빠를 기다려야 하는 막내의 외로운 심정을 알기나 하는 걸까. 그런데 이상하게도 그 주에는 아무도 오지 않았다. 다음 주말에 온 언니에게 편지를 받았는지 물어보니 못 받았다는 것이었다.

내가 편지와 돈을 부친 것을 엄마에겐 말하지 않았다. 괜한 짓을 했다고 속상해하실 것 같아서였다. 보름이 지났으면 분명 배달 사고일 텐데, 엄마가 돌아왔다고 안도하는 사이 시간이 가고 있었다. 그 시절엔 늦어질 수도 있으니 행여나 하면서 봄이 가고 여름, 가을 그리고 겨울이 갔다. 기다리면 언젠가는 언니가 받아서 가져올 거라 생각했다. 그러나 끝내 오지 않았다.

그때 내 나이 열 살, 애달픈 사연은 어디에서 흩어졌으며, 나의 전 재산은 어떻게 되었을까. 짜장면이 30원 할 때였으니 나에겐 제법 큰돈이었는데.

세월이 좀 흘러 생각해 보니 괘씸한 생각이 들기도 했다. 하지만 중간에 꿀꺽한 사람을 탓하고 싶지 않았다. 비록 엄마가 받진 못했지만 조금도 망설이지 않고 엄마를 위해 최초로 써 본 슬프고도 아름다운 돈이었으니까.

왕소나무만 그 자리에

하얀 뭉게구름이 하늘 가득 피어오르고 쟁기가 지나
간 이랑에 작은 그림자가 생기던 논과 논 사이 작은
길, 자주 떠오르는 추억 속의 길이다. 산이 거의 없는 곳이어
서 좁은 논둑길을 따라 학교에 가다 보면 멀리 서 있는 왕소
나무가 등대처럼 보였다.

지난 시절이 그리워지면 왕소나무가 떠오르고 이어 딸려
나오는 사람이 있다. 초등학교 때였다. 방학을 하면 왕소나
무 가까이 살던 그 애 집에서 과외 공부를 했는데, 난 우리
집에서 멀어 가고 싶지 않았다. 내가 가기 싫어하는 눈치를
알아차렸는지 그 애는 멀리까지 나와서 기다렸다. 공부가
끝나면 신작로를 한참 지나 논둑길에 접어들 때까지 배웅해

주곤 했다. 그땐 부끄러워서 나란히 걷지도 못했다. 그 애와 나 사이의 거리는 얼마쯤 되었을까?

사십 년 만의 귀향길, 왕소나무를 지나 그의 집 쪽으로 가고 있었다. 삼 년 동안 한 반이었던 친구는 이미 속도를 늦추고 있었지만 차를 세우라는 말이 쉽게 떨어지지 않았다. 친구는 백미러로 망설이는 나를 보더니 차를 멈췄다. 갈등은 길지 않았다. 건강이 더 나빠졌다니 보지 않는 게 좋겠다는 내 말에 친구는 못내 아쉬워했다.

그는 몇 년 전부터 건강이 좋지 않아 사람을 잘 기억하지 못하고 운영하던 양조장도 큰 막걸리 회사에 밀려 폐업 상태라 했다. 나를 알아보지 못한다면 봐야 할 이유가 없을 거고, 또 순간 기억이 돌아온다 해도 그에게 얼마나 잔인할까 싶었다.

왕소나무는 깊어진 세월의 균열을 안고도 푸른 우산처럼 그대로 멋지게 펼쳐져 있는데 그의 모습은 볼 수 없을 정도라니….

보진 못했지만 그의 모습은 왜소하고 초라해졌을 것이다. 왕소나무도 어렸을 때 보았던 것보다 훨씬 작았다. 소인국의 학교처럼 교실도 책상도 의자도 작았다. 그땐 세상에서 제일 큰 게 우리 학교였는데.

그가 대학교 일학년 때 우연히 보았다. 잘생기고 매력 있는 청년이었다. 초여름 해 질 녘, 단 한 번 짧은 데이트였다. 그러고 다시 보지 않았다. 서로 너무 잘 알고 있기 때문에 다시 만나선 안 된다는 게 당연했는지도 모르겠다. 그날 대화에서도 그는 아버지와 이복형제들과의 갈등으로 힘들다 했다. 충분히 예견된 일이라고 생각했다.

아버지는 그와 만날까 봐 걱정하셨다. 커서 단 한 번 만났다는 것을 아는 순간 진노할지도 모를 일이었다. 그렇듯 양쪽 아버지 때문에 시작조차 못한 만남이었지만 마음 한구석엔 늘 남아 있었다. 그의 누나에게 그가 정말 좋아하던 애가 있었는데 차마 마음을 전할 수 없었다는 말을 전해 들었을 땐 얼굴이 붉어지기도 했다.

부모 망신시키는 행동 하지 말라는 아버지 말씀이 지금도 귀에 쟁쟁하다. 상급학교로 올라갈 때마다 학교에서 오 분 거리에 집을 사서 학교 종치는 소리까지 체크하던 아버지는 여름날엔 대문 옆 의자에서 기다리곤 했다. 하교 시간이 이십 분만 늦어도 대문이 날아갈 기세였다. 그러니 무슨 역사를 만들 수 있었겠나. 그 인연은 있을 수 없는 얘기였다.

'다시 태어난다면 청춘에 멋진 연애 한 번 해 보는 게 소원입니다, 아버지.'

말하고 싶어도 생이 끝나는 날까지 못하고 말 것이다. 그 저 마음에만 담고 살았지만 하얀 얼굴로 왕소나무 곁에서 아닌 척 나를 기다리던 초등학교 때 그의 모습과 여름날 해 질 녘 단 한 번의 데이트가 그리운 추억으로 남아 있다.

"아버지, 양조장 집 아들이 며칠 전에 죽었대요."

"그래? 갸가 풍으로 몇 번 쓰러졌다더니 죽었구나. 애가 즈 엄마를 닮아 심성이 착하고 순했는데…. 지 애비하고는 달랐었지."

"아… 예…."

면장님 아들의 첫사랑

견딜 만큼 힘이 든다는 건 매우 힘들다는 표현일 수도 있겠다. 피곤하고, 재미없고, 돈 벌어야 하고. 나열하자면 마라도까지 가도 모자랄 만큼 길고 고달픈 일상. 피곤이 차올라 봇물이 터질 것만 같은 날들이었다.

잠시 쉴 틈이 생겼다. 그대로 침대에 누우면 매트리스 속으로 스며들 것만 같았다. 눕기도 전에 울리는 전화벨 소리에 부드러운 목소리가 나올 리 없다. 쥐어박듯 통명한 목소리로 "네", 누군지 모르지만 반갑지 않다는 거친 답변이었다. 상대방은 당황한 듯 머뭇거리며 아무개인데 기억할 수 있느냐고 물었다.

"어! 네."

처음의 퉁명했던 '네'하고는 어감이 달랐다. 돌변한 목소리에 내가 놀랄 정도였다.

초등학교 졸업하고 한 번도 본 적 없는 남자 동창. 용기 내어 전화했다면서 그동안 궁금했고 보고 싶었다는 말이었다. 이 나이가 됐으니 말을 높일 수도 내릴 수도 없었다.

"어디 살아요?"

내 엉거주춤한 말투에 옛날에도 감히 바라볼 수 없는 공주 같더니 지금은 더 어렵게 느껴진다면서 말을 편하게 했으면 좋겠단다.

그렇지만 그럴 수 있나. 공주라는 극찬을 듣고는 더 내숭이 될 수밖에….

40년이란 긴 시간이 말 몇 마디로 며칠 전처럼 느껴졌다. 어렸을 때 이미지를 현재 나이에 맞춰 보려니 도저히 모습이 그려지지 않았다. 말품을 팔고 있다는 그의 표현대로 그래서인지 세련된 말투였다. 차츰 멋진 모습일 것이라 느껴졌다. 내가 좀 흥분했던 것일까.

몇 마디 주고받은 어색한 인사의 말은 순간의 내숭으로 끝나고 몇십 년의 궁금 사항을 중구난방 주고받기 시작했다. 그동안 살아온 얘기며 현재 어떻게 살고 있다는 얘기들이 대강 정리되어 갈 무렵이었다.

전혀 예기치 못했던 고백이 전화기 속에서 흘러나왔다. 그의 목소리가 약간 들뜬 듯했다. 아마 그랬을 거라 생각했다. 황공하게도 내가 그의 첫사랑이었다는 것이다. 변변치 못한 청춘을 보낸 나로선 추수가 끝난 들판에서 이삭이라도 주운 기분이었다. 힘 하나 들이지 않고 첫사랑을 거저 주운 셈이라고나 할까.

남의 첫사랑 얘길 들으면 상대적 궁핍으로 조작이라도 해볼까 했던 생각은 일순간 사라지고 광명을 본 듯했다. 첫사랑이고 짝사랑이어서 늘 잊을 수 없었다는데, 초등학교 때 첫사랑이 오죽할까마는 그래도 그게 어딘가. 그런데 왜 난 몰랐을까. 그의 볼에 들깨를 뿌려 놓은 듯했던 주근깨도 생각나는데 말이다.

몇십 년을 넘나들다 보니 통화는 길어졌고 그때 그가 면장님 아들이었다는 것도 알게 됐다. 그렇다면 시골 촌구석에선 괜찮은 조건이었는데 적극적이지 못했냐는 반문에, 그땐 내가 감히 올려다볼 수 없는 곳에 있었다는 것이다. 그랬을까? 그냥 하는 말이라 생각했다. 그도 그의 아버지처럼 국가에서 녹을 받는 사람이었다.

"나 다시 태어나면 비가 오나 바람이 부나 봉급 타다 연금 나오는 공무원 마누라 하고 싶은데, 그때 대쉬하지 그랬어?"

넉살좋게 너스레를 떨었다. 누가 들으면 유치하기 이를
데 없는 대화였다.

면장님 아들. 어쨌든 내가 몰랐던 멋진 첫사랑 주인공을
만들어 줘서 감동이었다. 그리고 당연히 나와야 하는 애프
터. 당장이라도 입성할 것만 같았다. 아무리 상큼한 첫사랑
이라 해도 금방 만난다는 건 쉬운 일이 아니었다. 서울 갈
일 생기면 겸사해서 만나자는 불분명한 약속을 하고서야 길
고 긴 통화는 끝이 났다.

수시로 전화하고, 술 마신 핑계로 전화하더니 슬슬 지루
해질 무렵이었다. 서울에 조문을 가게 됐으니 어느 대학병
원 장례식장에서 보면 안 되겠냐는 데이트 신청이었다.

'당근 안 되지, 그토록 거룩한 첫사랑이며 짝사랑인 나를
몇십 년 만에 보는데 장례식장이 가당키나 한가?'

그날은 내가 피치 못할 사정이 있으니 다음에 서울 올 때
만나자면서 살며시 거절했다. 장례식장에서 만나자고 하고
선 그도 머쓱했는지, 이젠 계절이 바뀌면 안부를 묻는 정도
의 전화를 한다.

그렇게 또 십 년이 지났지만 만나지 못했다. 공주병을 넘
어서 공주암이라 한대도 초라해진 내 모습을 보여 주고 싶
지 않은 것이고, 그도 또한 나이든 모습을 보여 주고 싶지

않을지도 모른다. 그럴까. 그럴 만큼의 긴장이 남아 있다면 지금이라도 가슴에 바람을 머금고 발뒤꿈치라도 들어올려 보고 싶은데….

어느 날 누군가 보고 싶어지면 입은 채로 달려갈 수 있는 비상식량 같은 열정이 어디엔가 남아 있을지도 모른다. 찾아내 잠깐만이라도 순수했던 시절로 돌아가 보고 싶다.

얼굴에 주근깨가 많았던 면장님 아들. 존재감 없었던 소년의 첫사랑이었던 나. 열두 살, 그런 시절이 있었다.

남 선달, 장례 짚신을 팔아먹다

말이 재수지 백수 시절이었다. 학교에 다니는 것도 아니고 그렇다고 공부를 열심히 하는 것도 아니니 외할머니가 혼자 계시면 가끔 징발되어 갈 수밖에 없었다. 그때 외할머니는 큰이모 집에 계셨는데 뇌졸중으로 거동이 불편하셨다. 한쪽이 마비됐는데도 환자 같지 않게 미인이셨던 할머니가 왠지 더 측은했다.

그렇게 지내시다 서너 번 쓰러지더니 의식을 잃으셨다. 의사는 가망이 없다 했다. 그때만 해도 집에서 운명하지 않으면 객사라는 인식이 남아 있던 때라 집으로 모셔온다고 했다.

죽음을 직접 보지 못했던 나는 무섭기도 하고 궁금하기도 했다. 엄마는 할머니가 돌아가시는 모습을 내게 보여 주고 싶지 않은 눈치였다. 임종을 보려던 외삼촌과 이모들은 며칠을 더 기다려야 할지 모르니 각자 집으로 돌아간다고 했다. 이미 여러 번 있었던 일이라서 엄마 형제들은 놀라거나 심각해하지 않았다.

일주일쯤 됐을 때 엄마 몰래 할머니한테 갔다. 혼수상태였다. 끊겼다가 몰아쉬는 숨소리에 문풍지가 떨릴 정도였다. 방안은 성냥을 그어대면 폭발할 것처럼 냄새를 동반한 가스가 차 있었다. 살아생전 마지막 용변을 보신 것이었다. 누구도 할머니 곁에 가려 하지 않았다. 순간 욱! 나도 모르게 화가 치밀었다. 조용히 밖에 나가 고무장갑을 사왔다. 숨을 쉴 수 없을 만큼 힘들었지만 닦아 내는 동안 눈물이 나왔다. 난생처음 겪는 일이었는데 사람이 분개하면 못할 것이 없다는 경험을 했다.

그리고 이틀 후 할머니는 돌아가셨다. 혼수상태로 오래 계셨기 때문인지 친지들은 큰 동요 없이 할머니를 보내 드렸다.

그때만 해도 상주와 일가가 모두 삼베옷에 짚신을 신던 시절. 장지에서 돌아와 보니 발인까지만 짚신을 신었기 때문에 툇마루 끝에 짚신이 수북이 쌓여 있었다. 그걸 보는 순간 나는 장난기와 함께 '굿 아이디어'가 떠올랐다. 봉투에 한 켤레씩 담았다.

환절기 꽃샘바람에 더 피곤했는지 외가 식구들이 널브러지다시피 누워 있는 방문을 열고 진지하게 말했다.

"제가요 아르바이트를 하는데요, 샌들을 팔아요. 한 켤레씩 사 주세요."

"사이즈도 각각이고 한데 어떻게?"

당연한 질문이었다.

"그냥 누구나 신을 수 있어요. 색깔은 한 가지예요."

이모가 넷, 삼촌이 셋. 그중 셋째 이모는 태클 비슷한 것을 걸었다. 나는 할머니 가시는 길에 개운하게 해 드린 것을 내세우며 반 강제로 이천 원만 달라고 했다.

'오른발이든 왼발이든, 큰 발이든 작은 발이든 웬만하면 넉넉하게 포용하며 좌우가 없는 융통성과 신축성이 있는 신발.'

이어령 선생의 짚신에 대한 글을 진즉 읽었더라면 그 점을 강조해서 판매가 수월했을 텐데 애석하게도 그때는 알지 못했다.

그 무렵 명동 고급 카페 커피 값이 500원이고 우리 동네 다방 커피는 300원이던 시절이니까 짚신 샌들 값은 결코 싼 것은 아니었다. 삼촌과 이모들은 내게 당한다는 표정이었지만 모른 척 밀어붙였다. 먼 장지에 갔다 와 피곤했기 때문인지 더 이상 묻지 않고 돈을 주었다. 용돈이라고 생각했는지도 모르겠다. 수금은 나를 잘 따르던 이종사촌 여동생이 했다. 내가 기획했지만 수금은 하수가 할 일이라고 생각했던 것 같다. 직접 수금할 만큼 뻔뻔하진 못했는지도.

마루 끝에 짚신을 두고 돌아오는데 장난이 심했다는 생각에 마음이 편치 않았다. 더구나 초상 끝에. 오기가 발동해서 시작한 장난이었는지 지금 생각해 봐도 잘 모르겠다.

그러나 분명한 건 할머니가 마지막 가시는 길에 엄마를 비롯하여 형제들이 할머니를 방치하듯 다가가지 않는 모습에 실망한 건 사실이었다. 죽음 직전의 모습이 처음이고 입시에 대한 고민 말고는 거칠 게 없는 나이였기 때문일까. 제법 당찬 소리를 했다. 죽음 앞에서 인간의 존엄성이 무시되어서는 안 된다, 보내 드리는 가족은 더 경건한 자세여야 한다고 엄마에게 말했다가 한마디 들었다. 어떤 일이든 나름대로 사정이 있으니 감정에 치우쳐서 멋대로 생각하지 말라 하셨다. 더구나 이모나 삼촌에게 그런 말을 하면 안 된다고 입단속을 하셨다.

며칠 후, 짚신을 팔아먹은 사실이 엄마에게 발각됐다. 아주 많이 혼났다. 엄마가 제일 못 견뎌 하는 자존심이 상하신 듯했다. 삼촌과 이모들 중에 평소에 나를 예뻐했던 분은 웃었을 것이고 아니면 웃기는 애라고 했을 것이다. 엄마는 웃기는 애라는 쪽에 비중을 두었기 때문에 몹시 화를 내셨다. 대동강 물을 팔아먹은 봉이 김 선달이냐면서.

맹세코 그 돈을 내가 갖고 싶은 마음은 없었다. 사촌들과 함께 쓸 셈이었는데 엄마의 걱정 때문에 돈을 다시 돌려주자니 복잡하고 구차해질 것 같았다. 가까이 사는 사촌들하고 그 돈을 억지로 쓸 수밖에 없었다. 흔적을 남기고 싶지 않아 먹어서 없애기로 했다.

동네에서 제일 유명한 한일관에 가서 불고기에 냉면을 시켰다. 짜장면을 먹을 줄 알았던 동생들은 눈이 동그래졌다. 사촌들은 즐거워했지만 나는 뜨거운 불덩어리를 들고 있는 것처럼 그 돈을 빨리 던져 버리고 싶었다.

그런 일이 있은 후 나는 배짱 좋은 언니가 되었지만 더 이상 대동강 물을 팔아먹기엔 엄마의 걱정이 마음에 걸렸고, 대학 입시라는 문제가 코앞에 닥쳐 있었다. 그래도 할머니 덕분에 호기 있게 돈을 써본 건 그때가 처음이자 마지막이었다. 할머니가 내려다보셨다면 어떤 표정이었을까.

그때처럼 석양만 붉게 타고

하늘폭포였다. 대낮인데도 밤처럼 컴컴했다. 무섭게 비가 쏟아져 내리면서 세상을 둘로 갈라놓을 것처럼 천둥 번개가 치더니 벼락이 아주 가까운 곳에서 떨어졌다. 폭탄이 터지면 그럴까.

비가 그치자 동네 사람들이 신작로에 나와 웅성거렸다. 벼락이 떨어진 곳이라고 추정하여 찾아 나선 곳은 동네 끝자락 비탈진 신작로 너머였다. 그곳을 우리는 말랭이라고 했다.

말랭이에 서자 눈앞이 허전했다. 늘 그곳에 있던 키 큰 미루나무가 벼락을 맞고 날아가 버린 것이었다. 정중앙을 맞았는지 절반으로 갈라지고 나머지 반쪽마저 껍질이 홀랑

벗겨진 채였다. 그나마 꺾여 우듬지가 땅에 닿을 듯했다. 처참한 몰골이었다. 엄청난 압력으로 터져 버린 듯 허연 속살과 가지 파편들이 어지럽게 흩어져 있었다.

당숙모가 벼락 맞은 나무껍질이 약이 된다며 주웠다. 그 말에 순식간에 널브러졌던 나무껍질은 물론 작은 토막들도 온데간데없이 사라졌다. 모두들 전리품이나 되는 양 챙겼다. 그때 누군가 중얼거리는 소리가 들렸다.

"허구한 날 개를 묶어 놓고 패 죽이더니…."

미루나무 바로 옆에는 도축하는 집이 있었다. 주로 소나 돼지를 잡았고 여름에는 개도 도축했다. 사람들이 안을 기웃거렸다. 하늘이 노했다고 생각하는 사람들을 대하기가 불편해서였을까. 그날 그 집에선 아무도 나오지 않았다. 그때뿐만 아니었다. 동네에서 떨어진 외딴집이기도 했지만 그 집 가족은 동네 사람들과도 잘 어울리지 않았다.

동네 사람들도 돼지 잡는 날 고기를 사러 가거나 그 집에서 순대를 만들어 팔러 나올 때나 그 집 가족을 보곤 했다. 드라마에 나오는 임꺽정처럼 덩치가 큰 아저씨에 비해 아주머니는 깡마르고 왜소했다. 어른들만 아니라 아이들까지 아저씨를 누구 아버지나 아저씨라는 호칭이 아닌 그 아저씨의 이름을 불렀다. 나는 그 이름이 그런 일을 하는 모든 사람의 호칭인 줄 알았다.

돼지 잡는 날, 아주머니가 순대 팔러 가는 길의 첫 집이 우리 집이었다. 순대와 저울, 도마, 칼을 넣은 다라이를 머리에 이고 왔다. 접시가 달려 있는 저울대는 기름에 절어서 벼락 맞은 대추나무 도장처럼 검붉고 단단해 보였다. 저울대 손잡이 삼노끈도 순대 기름에 절어 마치 약으로 쓰라며 서비스로 가져오는 말린 쓸개 같았다.

아주머니는 순대 다라이 옆에 들저울과 작은 도마를 놓고 닳아서 뾰족해진 칼을 들고 장사할 준비를 했다. 우리가 가리키는 부위를 잘라서 저울 놋쇠 접시에 담았다. 왼손으로 저울대 끈을 잡아 올리고 오른손으로 추를 원하는 지점에 놓으면 저울대는 거의 수평이 됐다. 은상감한 눈금이 잘 보이지 않아서 나는 순대를 덜 담은 건 아닐까 걱정되기도 했다. 엄마는 눈금의 위치를 아는지 그 아주머니를 믿는 건지 굳이 확인하려 들지 않았다. 마치 내 마음을 읽기라도 한 듯 아주머니가 덤으로 주는 허파 한 조각 더 얹으면 저울대는 소스라치듯 튕겨 올라가고 추는 곤두박질쳤다.

아저씨가 만들고 아주머니가 팔던 순대는 내가 지금까지 먹어 본 중 제일 맛있었다. 그 순대를 먹어 본 사람은 다 그렇게 기억했다. 몇 동네를 거쳐 팔러 다니던 아주머니는 가끔 볼 수 있었지만 아저씨는 거의 동네에 나오지 않았다. 이방인 같았다. 지나다 눈이 마주쳐도 생전 처음 보는 사람처럼 무표정이었다. 60여 가구가 모여 사는 집성촌이어서 거의 일가친척이다 보니 만나면 '밥 먹었냐'는 말이라도 해 주던 어른들을 대하다가 어쩌다 그 아저씨를 만나면 도망이라도 가야 할 것처럼 음산했다. 누구와도 말하는 것을 보지 못해 말을 못할지도 모른다는 생각이 들 정도였다.

아저씨는 언제나 미루나무와 집 주변을 서성이기 때문에 말랭이에 가기가 꺼려졌다. 그래도 나는 그곳을 좋아했다. 엄마가 전주나 이리에 갔다 올 땐 그곳에서 기다렸다. 때론 엄마보다 더 좋았던 이모도 거기를 넘어서 오곤 했으니까. 아주 어려선 말랭이만 넘으면 외갓집이 있는 줄 알았다.

초여름이었을 것이다. 그날은 유난스레 노을이 핏빛이었다. 서쪽은 온통 잉걸 바다였고 나도 빨갛게 물들고 있었다.

"우우…."

어디선가 큰 짐승 울음소리가 들렸다. 오싹했다. 미처 보지 못했던 아저씨가 저만큼에서 석양을 바라보며 목놓아 울고 있었다. 굵고 우렁우렁한 목소리가 초상집 여자 곡소리보다 더 슬프게 들렸다. 붉은 석양이 서서히 사라져 가면서 산적 같은 아저씨의 울음소리는 더 처절하게 들렸다. 사방이 어두워지고 있었다. 나도 눈물이 나올 것만 같았다.

왜 우는 걸까. 나로선 알 수 없는 일이었다. 하지만 아무에게도 물어볼 수 없었다. 그런 것에 관심을 갖기엔 열 살이란 나이가 어리기도 했고, 아저씨 신상에 관한 것을 물으면 왠지 혼날 것 같았다. 그때만 해도 아저씨 직업에 낙인 같은 분위기가 남아 있어서였을 것이다. 그 후로도 석양을 바라보며 동네를 등지고 앉아 우는 아저씨를 몇 번인가 보았다. 어린 마음에도 아저씨의 뒷모습이 무척 어둡고 쓸쓸해 보였다.

미루나무가 벼락을 맞은 다음 해 아저씨는 돌아가셨다. 내가 고향을 떠난 뒤 아저씨 집도 없어졌다. 고향 친구들은 추억을 꺼낼 때면 그 순대 맛은 세상 어디에도 없다고 말했다. 그러면서도 아저씨의 모습을 기억하는 사람은 없었다.

몇 해 전에 가보니 높은 줄만 알았던 말랭이가 거기쯤이었다는 흔적만 알려 주듯 낮았다. 말랭이엔 아저씨의 울음을 삼킨 석양만 그때처럼 붉게 타고 있었다.

선생님, 안녕하시지요?

중2병은 옛날에도 있었다. 당시에 난 남들과 다른 존재이고 누구보다도 우월한 것만 같았다. 공부는 뒷전이고 책만 읽었다. 연애소설도 많이 읽었지만 이해할 수도 없는 보들레르의 『악의 꽃』 같은 시집도 읽었다. 그야말로 감정이 어디로 튕겨 나갈지 알 수 없어 불안하고 건방지기 이를 데 없는 시기였다.

나는 실어증처럼 입에서 말이 나오지 않았다. 못 봐주겠다는 엄마 눈빛은 나를 더 힘들게 했다. 표현할 순 없었지만 몇 초 후면 터져 버릴지도 모르는 아버지의 시한폭탄 초침이 가슴 한복판에서 재깍재깍 뛰고 있는 것 같았다.

5월 초쯤 담임 선생님이 전근을 가고 이틀 후 새 담임 선생님이 왔다. 우리 학교가 첫 부임지인 총각 선생님이었다. 작은 키에 얼굴이 검은 영어 선생님. 외모로 따지자면 멋진 분은 아니었다. 그런데도 나는 보는 순간부터 가슴이 두근거리고 끓어오르는 감정을 주체할 수 없었다. 나도 나를 모를 전혀 예기치 않은 감정이었다. 그때 읽었던 연애소설의 후유증이 아닐까 싶기도 하다.

선생님은 내게 눈길도 주지 않으셨다. 내 시선을 충분히 알고 계셨을 텐데도. 나는 선생님 책상에 장미를 꽂아 놓고 물을 갈아 준다는 핑계로 교무실을 들락거리기도 하고, 우연인 척 퇴근 시간에 맞춰 뒤따라가기도 했다.

조금도 반갑지 않은 여름 방학. 개학 날만 기다렸다. 새 학기가 시작되고 얼마 되지 않아 내 열병을 멈추게 해야 한다는 알 수 없는 우주적 의도가 있었을까. 선생님이 전근 가는 사태가 벌어졌다. 전혀 생각지도 못했는데 불과 5개월 만에…. 하늘이 무너지고 땅이 꺼진다면 차라리 다같이 죽기나 하지. 가슴 한귀퉁이가 무너져 내려 싱크홀이 생긴 것만 같았다. 앞으로 선생님을 볼 수 없다는 절망감! 어떻게 추슬러야 할지 아득하기만 했다.

감정을 삭일 길은 편지밖에 없었다. 날마다 편지에 매달려 있는 나를 바라보는 부모님 눈총이 괴로웠다. 그래도 하루도

거를 수가 없었다. 그 해 가을밤을 다 바쳐서 쓴 편지에 선생님의 답장은 단 한 번뿐이었다.

막다른 길에 다다르면 돌아갈 마음이 생긴다 했던가. 눈에서 멀어지니 선생님을 향한 마음도 정상에서 서서히 내려오고 있었다. 감정이 어느 정도 추슬러질 무렵 겨울 방학이 되었다

눈이 내리던 날이었다. 초인종이 짧게 울렸다. 눈을 맞으며 천천히 대문을 향해서 걸었다. 누구냐고 묻지도 않고 대문을 열었다. 그런데 순간 나는 녹아 버리고 싶었다. 아! 내 앞에 열병의 대상이 씨익 웃고 있는 게 아닌가. 행여 제자가 상사병으로 어찌 됐나 싶어 확인 차 온 것일까. 이미 평정을 찾았던 나는 그저 창피해서 숨고 싶었다. 어색하기 이를 데 없는 그 묘한 감정. 빨리 그 순간을 벗어나고 싶었다.

'선생님, 저 괜찮아요.'

그렇게 말하고 싶었는데 실제로 그랬는지 기억이 나지 않는다. 고개를 못 들었던 나는 선생님 양쪽 구두끈이 서로 달랐던 기억과 그 위로 떨어지던 몇 개의 눈송이를 기억할 뿐이다.

심하게 앓았던 내 사춘기에 선생님은 어쩔 수 없이 스토킹을 당하며 힘들었을 것이다. 열병 같던 그때의 감정이 지금

도 부끄럽다. 철이 없어도 웬만했어야 했는데. 죄송하다.

그렇지만 돌아보면 사춘기의 소용돌이를 선생님을 좋아하는 감정으로 무사히 빠져 나올 수 있었던 것 같다. 그때 선생님이 안 계셨더라면 나는 그 시기를 어떻게 보냈을까. 그래서 더 아름다운 시절이었다고 누군가 말해 줬으면 좋겠다.

짧은 기간이었지만 아무 조건 없이 온 마음을 다 쏟아 본 적이 있었던가. 그렇게라도 의미를 두고 싶어 하는 내게 찬물을 끼얹는 친구가 있었다. 선생님은 그 친구의 이모부가 됐고 친구 이모도 나를 알고 있다고 했다. 어떤 표현으로도 설명할 수 없는 야릇한 기분. 지워 버리고 싶었다. 나의 첫사랑 사건을 알고 있는 모든 사람들의 기억마저도. 게다가 기억력이 그다지 좋은 것 같지도 않은 친구는 지난 일을 자세하게 들먹거렸다. 사춘기 탓이라고 궁색한 변명을 늘어놓는 나에게 친구는 낄낄거리며 한술 더 떴다.

"한번 만나게 해 줄까?"

그 겨울, 선생님의 구두 위로 떨어지는 눈만 보던 그때처럼 어색하진 않을 텐데도 일부러 뵙겠다는 생각은 해 보지 않았다. 그래도 가끔 마음속에서 안부를 묻기도 한다.

'선생님, 안녕하시지요?'

은장고개

중2 어느 봄날. 백일장에서 받아든 시제는 '고개'였다. 봄에 관련된 제목일 줄 알았는데 뜬금없었다. 예상문제 답이 빗나가고 한두 잎 지기 시작하는 눈부신 벚꽃에 마음을 빼앗겨 시상이 떠오르지 않았다. 게다가 고개에 가본 적도 없으니 말이다.

제출할 시간이 임박해서야 보지 않아서 쓸 수 없다면 본 것을 쓰면 되겠다 싶었다. 산에만 고개가 있는 것이 아니고 사람에게도 고개가 있지 않은가.

며칠 전 역사 선생님의 고개가 떠올랐다. 그날따라 유난히 얼굴이 창백해 보이던 선생님은 고개에 담이 붙어 목이 돌아가지 않는다며 신경 쓰게 하지 말라고 하셨다. 부목을 대고 고정시켜 놓은 것 같은 선생님의 목. 의장대에서 사열받는 군인처럼 각이 선 고개를 돌리려면 몸도 같이 돌아가던 선생님. 우린 열네 살. 그 모습에 한 시간 내내 터질 것 같은 웃음을 참아내야 했다.

그때를 떠올리며 시를 쓰기 시작했다.

돌아가지 않는 선생님의 고개

산 속의 고개엔
무섭고 슬픈 이야기
호랑이와 떡장수 할머니가 있고

선생님의 고개엔
담이 붙어 돌아가지 않는 이야기
우리들의 꼭 다문 웃음소리가 있다

남보다 튀고 싶은 욕심이었을까. 누구나 생각하는 고개는 쓰고 싶지 않아서 선생님의 고개를 택했던 것 같다. 내심 기대했는데 아무 상도 타지 못했다. 기발한 내 글을 몰라준다고 생각했다. 그래서 백일장에 나갈 기회가 또 있었지만 나가지 않았다. 경쟁이라 느껴지면 피하고 싶은 내 성격 탓인지도 모르겠다.

열네 살 나에게 던져졌던 '고개'라는 시제는 세월이 흐르면서 그것이 내 삶의 여정 같은 것이 되었다. 수없이 넘어온 고개. 가파른 고갯길에서 미끄러지기도 하고 험준한 재를 만나면 지레 질려서 물처럼 스며들어 사라지고 싶을 때도 있었다.

삼 년 전 육십 고개를 넘었다. 모랫바람을 온몸으로 안고넘어야 하는 타클라마칸 사막의 언덕 같았다. '들어가면 나오지 못하는 곳'이라는 사막의 땅. 내가 그 험한 땅을 연상하는 것은 재기하기엔 너무 늦은 나이에 온 시련 때문이었다.

거칠 것이 없이 자신 있게 벌인 유럽풍 패션 아울렛 타운이 허무하게 무너져 버렸다. 그 후 십 년 넘는 세월을 숨이넘어가지 않아 살았을 뿐이었다. 처음엔 자존심이 상했다. 그러나 그것은 문제도 아니었다. 단 한 시간을 살아도 숨 쉬는 비용이 그토록 절박한 것이었던가. 그래도 나에게 피해준 사람에게 분풀이밖에 되지 않는 법적 대응은 하지 않았다. 물론 건질 것이 없어서였을지도 모르겠다.

멈출 수 없는 시간이 두려웠다. 엄마는 딸이 절망하는 모습을 안타까워하며 애를 쓰셨다.

"너는 아직 젊고 멋진 사람이다. 현명한 너는 길을 찾을 수 있다. 시간도 사람도 원망하지 말고 지난 것은 잊어야 한다. 좋아하는 것을 하고 살아라."

주술을 걸 듯 늘 말씀하셨다. 구십 고개를 넘은 엄마의 눈엔 내 나이가 희망으로 보였을까. 그저 간절한 모성애였을까. 거리에서 길을 물어보는 사람도 없을 정도로 초라해졌다고 말했지만, 난 어느 사이 주술에 걸려들고 있었다. 언젠가 내가 원하는 위치가 됐을 때 좋아하는 것을 하며 누리고 살리라 했던 어리석은 생각을 접기로 했다. 욕심은 끝이 없는데 그게 언제란 말인가. 지금 이대로 나를 인정하게 됐다.

잃은 것에 대한 미련을 버렸을 때 내려놓았다는 말을 한다. 하지만 난 그렇게 거창하게 말하고 싶지 않다. 기꺼이 포기라 말한다. 도마뱀이 제 꼬리를 잘라 버리듯 홀가분해졌다. 몸통이 살아남기 위해 꼬리 정도는 양보해야 했다. 새로운 땅에 먼저 싹을 틔웠어도 옆의 다른 나무가 자라 제 키보다 더 커지면 조용히 물러날 줄 아는 자작나무. '나의 포기'란 내가 좋아하는 자작나무의 단아한 외모처럼 깔끔하고 멋지지 않은가.

얼마 전 은장고개를 넘었다. 내가 우스갯소리로 말하는 '지구 옆 동네 화성'에 있는 고개를 넘어 이사한 것이다.

바다가 가까워서인지 바람이 많은 곳이다. 개발이 한창이어서 길거리의 흙먼지를 보면 서부 개척시대의 프런티어 정신이 연상된다. 젊은 날엔 내게도 그런 정신이 있었는데….

아늑한 전원은 아니지만 아쉬운 대로 부모님도 곁으로 모셔 왔다. 이제 완전한 이사가 된 것이다. 이번 이사가 부모님에겐 마지막이 될 것이다. 우리 집에서 걸어서 오 분 거리. 동네엔 사백 년을 살아 낸 은행나무가 있다. 큰길에서도 보일 만큼 키가 큰데 잎이 피었어도 왠지 초라하다. 키가 큰 아흔다섯 아버지처럼.

엄마 방 창가에서 은행나무가 보인다. 나는 은장고개의 은행나무를 배경으로 연극 한 편을 연출하고 있다. 무대 조명에 정성을 들이고 엄마 아버지가 석양을 따라 마지막 고개를 넘어가는 엔딩 장면에 아버지의 '황성옛터'와 엄마의 '유아 마이 선샤인'을 배경 음악으로 넣을까 한다. 관객이 없어 더 슬픈 연극이 막을 내렸을 때 나는 스스로에게 평가받는 연출자가 되어 있어야 한다.

걸을 수 없고, 세상의 소리를 잘 들을 수 없는 부모님이 하루를 잘 버텨 내셨다고 가슴을 쓸어내리는 날들이다. 때로 너무 무겁다고 느껴질 때면 나를 유년 시절로 돌려놓는다. 거기엔 엄마 없는 세상은 생각조차 할 수 없는 내가 있었으니까.

기억의 테이프를 잠깐만 돌려도 그곳으로 갈 수 있는데…. 거기서는 분꽃이 피었다 지고 다시 피어도 시간은 늘 그 자리에 있었다. 은장고개 너머의 시간은 왜 이렇게 빨리 가기만 하는지. 아직 이 무대를 더 지키고. 할 수만 있다면 그때의 시간을 훔쳐 오고 싶다. 훔쳐 와서 지금 시간에 덧대고만 싶다.

엄마에게 가는 길. 바람 잦아든 은장고개에 석양이 지고 있다.

분꽃과 엄마

작년만 해도 느끼지 못했는데 올겨울은 유난히 머리가 시렸다. 모직 반코트에 달린 모자를 쓰고 오랜만에 엄마한테 갔다. 추석에 다녀왔으니 몇 달 만이었다. 뵐 때마다 자주 가겠다고 다짐하지만 그리 되지 않았다.

기다림만큼의 반가운 미소가 엄마 얼굴에 가득했다. 엄마는 새삼 내 나이를 물으셨다. 올해 환갑이 되었다고 하자 엄마 얼굴에 놀란 표정이 스쳐 지나갔다. 모자나 머플러를 하지 않던 막내딸이 모자를 썼으니 나이 탓인가 하는 생각을 하셨나 보다.

엄마는 오랫동안 누워 계시다 보니 얼굴도 창백한 데다 백발이 길어 더 초췌해 보였다. 어깨에 보자기를 두르고 머리카락을 짧게 잘라 드렸다. 마르고 굽은 등을 만지면 과자처럼 바스러질 것만 같았다. 쇼트커트 머리가 잘 어울려 깐깐하고 세련됐던 젊은 날의 엄마 모습이 떠올라 울컥했다. 짧게 자른 머리 스타일에 희미하게나마 옛날 모습이 남아 있었다.

"김 선생님, 멋지심!"

내 말에 창백한 엄마의 얼굴에 미소가 번졌다.

올해 아흔하나. 셀 수 없을 만큼 생사의 고비를 넘나들었다. 칠십을 못 넘길 것 같았는데 이십여 년을 꺼질 듯 위태롭게 견뎌 내셨다. 위급할 때마다 절박한 순간들이었다. 응급실에서 중환자실로, 좋아졌다가 또다시 나빠졌다. 한 해에 몇 번씩 그러셨다.

엄마를 뵙고 돌아오는 날은 온몸에서 수분이 다 빠져 나간 듯 푸석해진 기분이다. 엄마 모습에서 미래의 내가 보이기 때문일까.

기적처럼 아흔을 넘기셨구나 하면서 새해를 맞이했다. 새벽녘 울리는 전화 소리가 왠지 불안했다. 119를 불렀다는 다급한 아버지의 목소리. 엄마가 허리 통증이 심해서 전혀 움직일 수 없고 가끔 의식도 혼미하다 하셨다. 이틀 전만 해도 좋았는데, 제발 괜찮기만 기원하면서 달려갔다. 머릿속은 온통 두려움으로 어지러웠다. 이러다 돌아가시는 건 아닐까.

그나마 중환자실이 아니어서 다행이었다. 입원실 복도에서 창밖을 내려다보니 옆 건물 장례식장이 보였다. 그 뒤로 잎을 떨군 자작나무가 늘어서 있었다. 하얀 수피가 멀리서도 눈이 시렸다. 며칠 전 잘랐던 엄마의 머리카락만큼이나 하얬다. 온기가 식어 가는 엄마의 안색 같기도 했다.

검은 상복 차림의 사람이 간간이 보였다가 사라졌다. 익숙해진 풍경이지만 처음엔 자작나무가 배경인 장례식장 풍경이 가슴 무너지듯 슬펐다. 긴 병에 효자 없다는 말이 내겐 가당치 않다고 생각했는데, 애절하고 당황해하던 내 모습이 나도 모르는 새 병원 관계자인 것처럼 익숙해졌다. 이제 그 익숙함이 오히려 뻔뻔해졌다는 의미로 느껴질 때마다 엄마한테 한없이 죄송했다.

내가 어릴 적에 엄마는 선생님이었다. 엄마가 학교에서 돌아올 때까지 기다리는 것이 어린 나에겐 힘든 일이었다.

봄날 길가에 만발한 냉이꽃 위로 가득 날던 노랑나비 흰나비 떼. 엄마가 출근하고 나면 허전한 마음을 달래기 위해 나는 애꿎은 나비를 쫓았다.

여름 날 대문 옆에 핀 분꽃. 엄마가 출근할 때는 오므려 있다가 퇴근 시간 때는 주름을 펴고 활짝 피어났다. 혹시나 안으로 말려들어간 꽃잎이 피어나지 않을 것만 같아서 애태

우던 날도 있었다. 그때부터 분꽃의 꽃말은 내겐 기다림이었다.

황금 들녘, 석양을 등에 지고 점점 다가오는 엄마 모습이 보이면 숨이 차도록 내달려 엄마 도시락 가방을 받아들고 집으로 돌아오던 기억.

함박눈 내리는 날, 눈이 소복이 덮인 우산을 들고 대문에 들어서던 엄마는 젊고 멋졌다.

그때는 아랫집 영순이 엄마는 늘 집에 있는데 나를 두고 출근해 버리는 엄마가 원망스러웠다. 엄마는 어린 시절 내게 기다림의 존재였다. 그래서인지 지금도 해 질 녘이면 엄마를 기다리던 쓸쓸한 마음이 도지곤 한다.

그런데 분꽃을 보며 내가 엄마를 기다렸듯 지금은 엄마가 나를 기다린다. 문 여는 소리마다 행여 막내딸인가 하다가 아니면 더없이 쓸쓸해졌을 엄마.

어느 해 아파트 20층 베란다에 분꽃을 심었다. 언젠가 뜰이 있는 집에 분꽃을 심고 엄마와 같이 살고 싶은 염원 때문이었을까. 막힘 없는 햇살 덕분에 꽃이 흐드러지게 피었다. 베란다를 많이 차지해 창밖으로 밀어냈는데도 무성하게 꽃과 잎을 피웠다.

해 질 녘이면 작은 바람에도 분꽃은 나팔이 되어 허공에

음표를 쏟아냈다. 수십 년이 지났는데도 분꽃은 엄마가 돌아오던 시간만 되면 영락없이 피어나고 있었다.

분꽃은 달라진 게 없는데 젊고 아름답던 엄마는 병약한 노인이 되었다. 엄마가 하늘이던 어린 날이 그리 멀었던 것 같지 않은데….

누군가를 기다린다는 것은 얼마나 쓸쓸한 것인가. 어린 시절 내가 오므린 분꽃 잎이 펴지길 기다렸듯이 엄마는 내가 오기를 늘 기다리신다. 분꽃 피기를 기다리던 내 마음이 고스란히 지금 엄마 마음일 텐데, 나는 알면서도 엄마를 너무 오래 기다리게 한다. 엄마가 나를 기다릴 시간이 많지 않음을 잘 알면서도 말이다.

제2장
남정인법

실패한 쿠데타

구월, 광안리 바닷가는 쓸쓸했다. 해는 간간이 나타났다 구름 속으로 숨어 버리고 백사장엔 한두 사람씩 보이다 사라지곤 했다. 어느 여배우의 고독한 표정을 연상하며 나 홀로 걸었다.

그러니까 정확히 말해서 나는 가출한 것이다. 비장한 마음으로 집을 나왔지만 정작 알아야 할 그 사람은 그런 사실을 알고나 있는지 모를 일이었다. 나가든 들어오든 별로 신경 쓰지 않는 무덤덤한 나이가 되어서일까.

내 딴에는 담배를 끊으라고 완곡하게 말했던 것 같은데 남편에게서 날아온 것은 메가톤급 신경질이었다. 세월이 무심하게 흘러간 것만은 아닐 텐데 성질 질량불변의 법칙은 그대로였다. 이젠 이력이 난 줄 알았는데 그날따라 받아들이기가 힘들었다. 또 70년대 말부터 시작된 다큐멘터리가 재방송되고 있었다. 지난 세월 퇴적층처럼 쌓인 불만이 내 몸 어디엔가 지층을 이루고 있는 것 같았다. 조그만 자극에도 민감한 반응을 일으켰다.

단 한 번도 끝내자는 말을 해 본 적은 없었지만 침묵의 전쟁이 시작되면 속으론 늘 이혼 서류에 도장을 찍곤 했다. 그러나 젊어선 끝이라는 생각을 행동으로 옮겨 본 적이 없었다. 겁이 나서였다. 단지 세월이 흘렀을 뿐인데 요즘은 그런 불안도 공포도 차츰 약화되어 간다. 속상하면 자동적으로 가출이란 단어가 튀어나온다.

나는 되도록 멀리 갔다. 대한민국 육지의 끝 부산까지. 비록 바다는 넘지 못했지만 다음엔 바다도 넘어갈 것이며 그가 나에게 부과한 분노의 크기와 무게만큼 대들 거라고 다지고 또 다졌다. 때마다 그랬는데 이번에도 그렇게 하지 못해서 스스로에게 더 화가 났다.

갈매기 한 마리가 무리에서 떨어져 내 쪽으로 다가오다 멈췄다. 모래 한 움큼을 힘껏 던졌다.

'왜 나한테 그래?'

갈매기가 나를 째려봤다.

다시 걷기 시작했다. 속상한 만큼 에너지가 소진되어 버린 것인지 배가 고팠다. 생각 같아선 제일 비싸고 화려한 생선회를 시키고 지나가는 누구라도 불러 함께 먹고 싶었다. 겨우 생선구이 한 토막 올라온 밥을 먹고 나니 갈 곳도 오라는 곳도 없었다. 울컥 외로움이 밀려왔다.

정해진 식순처럼 카페에 갔다. 백사장만큼이나 카페도 한적했다. 바다가 마주 보이는 소파에 깊숙이 나를 묻고 수평선을 바라보는 나는 기껏해야 영화 속 여인을 코스프레하는 것이었다.

먼 길을 와서 겨우 밥 한 그릇 먹고 다시 돌아가는 KTX 기차 안. 적막할 정도로 승객이 없었다. 며칠째 숙면하지 못한 눈이 뻑뻑했다. 어쩌면 잠이 올 수도 있을 것 같아 전화기 전원을 끄고 눈을 감았다. 채 1분도 되지 않았는데 어디선가 요란하게 울리는 노래 벨 소리. 들리는 벨 소리에 연세가 지긋할 거라 짐작했다. 처음 몇 마디는 조심스럽게 통화를 하나 싶더니 갈수록 감정이 북받치는지 언성이 높아졌다.

"난 니 엄마처럼 냉정한 사람하고는 못 산다. 날이 갈수록 사납게 대들고 말 한마디도 곱게 하질 않는데 내가 어떻게 사냐."

아무래도 부부 싸움 뒤 가출한 할아버지 같았다. 갑자기

동지애가 생겨 귀를 곤두세웠다. 저쪽에서 아버지가 참으라는 말을 하는 건지, 한참을 듣고 나더니 대답했다.

"니가 딸인데 어쩌겄냐? 병원에 데리고 가서 치료해 줘라. 나는 모르것다."

엄마가 아프다는 핑계를 대서 아버지를 돌아오게 하려는 전략 같았다. 하지만 할아버지는 단호하게 전화를 끊어 버렸다. 난 더 큰 소리로 흥분하길 은근히 바랐는데 잔뜩 차올랐던 호기심에 바람이 빠져 버렸다.

저 연세에 가출이라. 오죽했으면 하는 마음이 동정을 넘어 나도 모르게 시나리오 한 편을 엮고 있었다.

'내가 뭔가 하고 있다는 것, 누가 나를 필요로 한다는 것으로부터 멀어진 노년의 남자는 서글프다. 아내마저 매사에 무시하고 친절하지 않다. 젊은 날 죽도록 일해서 가족을 먹여 살렸건만 경제권은 모두 아내한테 가버리고 자식들마저 엄마 라인에 서버리고. 하릴없는 빈털터리 노인은 무력감과 자괴감에 몸살을 앓고 있다.'

거기까지는 시작이고 극적인 반전과 갈등이 있어야 하는데. '가출' 끝에 깨달음이 와서 '출가'를 하게 됐다고 무겁게 끌고 가면 재미가 없을 테고, 방황하다 이쁜 할머니를 만나 늦게 인생 새판을 짠다든가…. 그건 또 유치한 삼류로 흘러

가는 것 같고.

어쨌든 작가가 의도하는 바는 권위가 예전 같지 않은 늙은 남자의 현실이다. 공감할 수 있는 얘기일 것이다. 우리 집 남자만 빼고. 등장인물이야 주인공이 노인이니 개런티도 젊은 스타 같지 않을 테고, 조연급이나 엑스트라도 많이 필요치 않으니 제작비야 부담이 덜하겠지만, 관객의 저변 확대엔 한계가 있겠다. 점점 내 생각이 디테일로 접어들 즈음 또다시 벨이 울렸다.

"집에 안 간다. 돈이나 벌면 느 엄마 낯꽃이 필랑가 모르것다. 근디 내 나이가 몇이냐?"

맞는 말이라며 맞장구라도 쳐주고 싶었다. 집 떠나면 고생인데 돈은 챙겼을까. 구체적인 대안은 있는 걸까. 나는 어차피 가출했으면 단 며칠이라도 버티시라고 속으로 할아버지를 부추기고 있었다.

어느덧 광명역에 다가왔다. 다음 역은 서울역. 그 서울에 아내가 사는 집이 있는 걸까? 아니면 가출의 종착역일까? 나의 시나리오는 결말 없이 미완으로 끝나고 말았다. 일부러 할아버지가 앉은 자리 쪽 출구를 향해서 갔다. 목소리로 연상했던 것처럼 칠십 대 중반쯤 돼 보였다. 역시나 초췌한 모습이었다. 눈이 마주쳤으면 주먹을 들어올려 '파이팅'이라고 외칠 뻔했다. 하지만 눈을 감고 있었다.

　버스 정류장에 가자마자 버스가 앞에 섰다. 그냥 보냈다. 다음 차가 올 시간 동안의 여유. 그러나 금세 차가 빨리 오기를 기다리는 나의 의지가 한없이 치사하게 느껴졌다. 파도가 밀려와 모래톱으로 사라지는 것처럼 현실을 지우고 어디론가 스며들 수는 없는 걸까. 어쩌지 못하는 심정으로 나는 정류장 한 귀퉁이에 서서 할아버지의 성공을 빌었다. 나야 어차피 집으로 돌아가긴 하지만 할아버지는 실패한 쿠데타가 되지 말아야 한다고 거듭 당부하고 싶었다.

위기의 나를 구한 건

오랫동안 힘들었던 일이 서서히 풀리고 있었다. 그
런데 웬일인지 긴장이 풀리지 않았다. 다시 힘들어
지면 안 된다는 강박감 때문이리라. 그런 가운데 나는 어서
밤이 오기를 기다렸다. 빨리 손익계산을 두드려 보고 싶어
서였다. 월말과 연말의 정산. 시간이 빨리 가도 좋았다.

몇 개의 빌딩을 지어 기대 이상의 성과를 거둘 수 있었다.
그런데 언제부터인가 글씨도 사람도 흐릿하게 보인다는 것
을 알게 되었다. 진작부터 그랬는데 문제라는 것을 인지하지
못했다. 가슴에서 뭔지 모를 덩어리가 떨어지면서 텅 하는
소리가 들리는 듯했다. 나도 모르게 눈물이 흘렀다. 부모님
이 바라던 대로 순하고 조용한 여자로 살고 싶었는데 치열

하게 살았던 내가 한없이 측은했다. 영리만을 위해 살았다는 허탈감이 밀려왔다.

의사는 과도한 스트레스가 문제라고 했다. 밤마다 헤아렸던 숫자들처럼 눈물과 불면의 밤이 늘어갔다. 낮엔 일에 쫓겨 그런대로 견디다가도 해 질 녘이면 여지없이 무기력해져 갔다. 수면에 도움을 주는 약을 먹어도 증세는 좋아지지 않았고, 뭔가 알맹이가 빠진 듯 걸어도 발바닥이 땅에 닿지 않고 허공 위를 걷는 것 같았다. 체중이 눈에 띄게 빠져나갔다. 살이 너무 빠지면 우울증에서 벗어날 수 없겠다는 생각이 들었지만 식욕은 좀처럼 돌아오지 않았다.

수도꼭지가 고장난 것처럼 눈물은 계속 흐르고, 밝은 날은 넓고 넓은 세상에 내 몸 하나 둘 곳 없는 것처럼 불안했다. 아무도 없는 곳에 숨고 싶었다. 호텔을 생각해 봤지만 그곳에 갈 용기는 나지 않았다. 그렇다고 멀리 갈 수 있는 형편도 아니었다. 수많은 생각 끝에 찾아낸 것이 노래방이었다.

그땐 노래방에 들어가면 바로 입구에 안이 보이는 청소년 방이 있었다. 혼자라 하니 주인은 의아해하면서 그 방으로 안내해 주었다. 처음부터 노랠 부른 건 아니었다. 방 하나를 차지하고 더 이상 나오지 않을 때까지 눈물을 흘렸다. 그렇게 울고불고를 기본 베이스로 깐 뒤 때론 벽을 치면서 아는 노래는 다 불러댔다.

혼자 노래방에 간다는 것이 멋쩍었는데 용기를 낼 수 있게 일조한 노래가 있었다. 진눈깨비가 비처럼 내리던 날이었다. 눈은 곧바로 물이 되어 도랑을 만들다시피 질척거리며 흐르고 있었다. 그 길 CD 가게 앞에서 나를 감전된 듯 멈춰 버리게 한 노래.

난 괜찮아 너 떠나도
잠시 너를 맡긴 거라 생각해
혹시라도 힘겨울 땐
다시 돌아와
니가 있던 그 자리로

어느 가수의 '러브 송' 마지막 부분이다. 호소력 짙은 그의 목소리는 우울한 내 마음을 더 뒤흔들어 놓았다. 끝을 보고 말 것만 같은 고음이 오히려 슬펐다. 로커가 부른 노래치곤 슬픈 곡이었는데, 우울한 마음을 내질러 발산해 버리기엔 아주 적격이었다.

노랫말 내용은 사실 나와는 맞지 않았다. 그런데도 그 노래만 부르면 왜 그렇게 눈물이 끝도 없이 흘러내리던지. 세상에서 제일 슬픈 영화 주인공이라도 된 것 같았다. 여러 번을 불러도 부를 때마다 눈물을 흘렸는데 묘하게 카타르시스가 되었는지 조금씩 우울한 마음이 풀렸다.

차츰 다른 노래도 부르기 시작했다. 음정 박자 무시하고 감정대로 수많은 곡을 내 멋대로 불렀다. 기력이 다하여 더 이상 마이크를 잡을 힘이 없어지면 엔딩 곡을 이미자의 '여자의 일생'으로 마무리했다. 구닥다리 가사였지만 내가 여자라는 사실만으로도 공감할 수 있는 노래였다.

아무도 의식할 필요가 없는 그 공간에서 그렇게 난 나를 달랠 수 있었다. 어떤 치유의 수단보다도 효과가 탁월했던 노래방. 극심한 불면도 조금씩 숙면으로 바꿔 갈 수 있게 됐다. 지금 생각해 보니 노래방이야말로 광기 직전까지 간 나를 받아 주고 안아 준 고마운 공간이었다.

사십 대 위기의 여자를 구한 것은 정신병원도 교회도 아닌 노래방이었다.

출근길에

보도블록 위에 빛나는 물체가 보였다. 눈 결정체 모양의 앙증맞고 예쁜 펜던트. 밤이어서 어떤 금속인지 알 수 없었지만 값나가는 것 같진 않았다. 다리 난간 틈 사이에 끼워 넣었다. 위치를 몇 번 확인하고 비밀이라도 되는 양 두어 번 뒤돌아보면서 집으로 왔다.

아침이면 좀 이른 출근이라 조급했다. 기초화장 위에 선크림만 대충 바르고 서둘러 나섰다. 빨리 가야 한다는 생각을 두 다리가 따라가기 버거웠다. 시간에 쫓기는 날은 왜 이렇게 살아야 하나 하는 생각으로 가슴에서 버석거리는 소리가 났다.

그래도 요즘은 발걸음이 가벼운 이유가 생겼다. 비밀스럽게 숨겨 놓은 펜던트가 그 자리에 있을까? 바닥에 떨어져 짓밟힌 상처를 보고 싶지 않아서 확인만 했다. 그대로 있었다. 남자 하나 저렇게 숨겨 놓으면 이런 마음일까. 혼자 웃었다.

아무런 설렘이나 기대도 없이 그저 누적되는 일상들. 새로 시작한 일이 이제 내겐 버겁다는 생각이 하루에도 몇 번씩 날 짓누른다. 그래서인지 삶의 무게를 견뎌 내기 힘들 때 별것도 아닌 것에 의미를 부여하는 습관이 생겼다. 가벼워지는 방법을 찾고 싶은 마음이 간절하기 때문일까.

펜던트를 숨겨 둔 난간은 다리라기보다는 차라리 천의 양쪽, 4차선 도로의 연결이라면 맞을 것 같다. 다리 밑으로 또 다른 작은 다리들이 있고 저마다 다른 모양을 하고 있다. 그 다리 위에서 아침을 맞을 때면 내게 스스로 멋지다고 말해 주고 싶기도 하다. 육십 넘은 나이에도 아침이면 일하러 출근할 수 있다는 사실 말이다.

다리를 건너면 바로 횡단보도를 건너야 한다. 그날따라 신호가 길었다. 문득 고등학교 때 신문에서 읽었던 신춘문예 작품이 떠올랐다.

한 중년 남자 얘기. 신혼여행지의 여관에서 창틀 사이에 끼워 두었던 아내의 머리카락과 그 기억을 찾아 떠나는 홀로 된 중년 남자의 추억 여행. 그 시절을 다시 음미해 보면서 행복했던 아내와의 추억을 반추하는 쓸쓸한 남자.

생각에 빠진 시간이 좀 길었나 보다. 자전거를 탄 아주머니가 파란불이 들어왔다는 말을 해 주고 지나갔다. 이어지는 아파트 사이를 빠져 나오면 법원이 보이고 또 사거리, 다시 대각선 횡단보도를 건너야 한다. 신호마다 걸렸다. 어떤 날은 무단 횡단도 불사하고 뛰기도 하지만 무릎의 쿠션이 예전 같지 않아 고꾸라질 것만 같다. 아는 사람이 보면 민망할 자세다.

생각이 이어졌다. 아내가 죽은 후에 오래전 숨겨 두었던 머리카락을 찾는 중년 남자처럼, 어느 날 나도 다리 난간 틈에 숨겨 둔 펜던트의 존재를 잊었다고 하자. 세월이 흐르고 생각나서 찾아왔을 때 그대로 있어 줄까.

그땐 빛이 바래 더 이상 반짝이지 않는 펜던트를 발견할지도 모르겠다. 그러나 아침마다 일할 수 있는 나를 멋지다고 스스로 칭찬했던 마음을 기억하겠지. 펜던트는 미래의 나에게 보여 줄 타임캡슐 같은 건 아닐까.

파란 신호등이 켜지고 이번엔 일자형 건널목을 건넜다. 유명 브랜드의 빵집이 있는 건물. 엘리베이터를 타고 5층. 내 하루가 거기에 있다.

그렇게 20분. 나의 출근 시간이다.

임모 씨 아내의 어느 고달픈 하루

지난 일요일 서해안 쪽으로 나갔다가 형도라는 섬에 가게 되었다. 개발 중이긴 하지만 시화호 끝자락과 연결되어 육지와 이어졌으니 섬은 아니다. 형도는 어느 해안 풍경보다 아름다웠다. 바다를 메운 드넓은 땅에 펼쳐진 갈대숲과 호수와 바다. 지평선과 수평선이 함께 보일 것 같은 착각이 들었다. 마치 세렝게티 평원을 연상케 했다. 사극을 촬영하기도 해서 말이 달리는 멋진 풍경을 볼 수도 있었다.

수로엔 붕어, 잉어, 숭어가 공존할 수 없다는 나의 생각은 맞지 않았다. 고기들은 민물과 바닷물이 섞이는 환경에서도 잘 살고 있었다. 멀리 갈대숲 사이로 간간이 보이는 낚시

꾼이 있는 풍경도 여유로워 보였다.

그러나 그때부터 나의 비극은 시작되었다. 집에 돌아온 즉시 남편은 낚시 도구를 챙기면서 낚시를 가자고 일주일 내내 졸라댔다. 가기 싫은 표정을 읽었는지 화를 내기도 했다. 대차지 못하고 좋은 게 좋다는 우유부단한 성격으로 엉거주춤 대답을 하고 말았다. 더위를 못 참는 데다 낚시도 싫은데 이중고를 겪을 생각을 하니 마음에 없이 승낙한 것이 후회되었다.

낚시 가기 전날 밤. 억수로 비를 내려 달라고 간절히 빌었다. 하지만 하늘은 비를 내려 주지 않았다. 도시락을 들고 따라가는 내 심정은 끌려가는 소인데 낚시광인 그는 한 마리 갈매기였다.

그늘 하나 없는 그야말로 땡볕. 일주일 전에 봤던 아름다운 풍경이 아니었다. 낚시를 하고 싶지 않았지만 멍하니 앉아 있는 것도 주변 분위기상 더 힘들 것 같아서 가르쳐 주는 대로 해 보기로 했다.

나는 속으로 한 시간 정도 해 봐서 한 마리도 잡히지 않으면 돌아가자고 해야지, 생각했다. 그런다고 돌아갈 사람이 아니란 것도 안다. 그럼 난 고집을 못 이기고 또 포기할 것이다. 뻔한 결과를 놓고 저울질하느니 무심해지기로 하고 낚시 바늘에 지렁이를 꿰었다. 어쩌면 지렁이가 내 신세 같다는 생각이 들었다.

평소에 넓고도 깊은 물을 상대로 실오라기 한줄기 늘어뜨려 놓고 고기를 낚겠다는 행위가 황당하고 유치해 보이곤 했다. 대단한 휴머니스트나 되는 양 잡았다 놓아 주는 건 뭐고, 월척이네 아니네 하면서 자를 들이대는 게 못마땅했던 내가 낚시를 하고 있다니 화가 났다. 하지만 어쩌랴. 부창부수라 하지 않던가. 음정 박자 틀려도 같이 부를 수밖에.

시범을 보여 준 대로 낚싯대를 드리우고 무념무상이 되길 기원했다. 잡혀도 그만이요 안 잡혀도 그만이었다.

십여 분 지났을까. 멍한 내 눈에도 찌가 움직이는 게 보였다. 내버려뒀다. 물었다는 신호인 줄 알지만 소리 없는 반항이었다. 성격이라고는 하지만 그의 독선과 냉정함으로 지난날 얼마나 힘들었는지, 피해의식에 발동이 걸렸다. 돌이켜보니 '같이'라는 말을 그에게서 들어본 적 없는데 난데없이 같이 낚시질이라니. 이젠 체력도 따라주지 않는데 말이다. 하늘을 보니 불이라도 날 것처럼 태양이 이글거렸다. 내 가슴에서 타는 불덩이처럼.

못나게도 소극적인 나의 반항은 이번에도 소득 없이 끝나겠지. 그런데 내가 모르는 줄 안 그가 눈에 불을 켜고 달려

왔다. 잽싸게 낚아채니 엄지손가락만 한 붕어가 달려 나왔다. 저런 고기를 잡겠다고 흥분하는 인간들이 한심했다. 옆에서 낚시하던 사람도 지나가던 사람도 관심이 많았다. 단지 먼저 잡았다는 사실만으로.

그런데 세상은 마음먹은 대로 되지 않는다는 평범한 진리가 또 날 괴롭혔다. 소위 낚시꾼들이 말하는 포인트에 내가 앉았는지 채 5분도 되지 않아 또 입질을 했다. 찌가 두 번 오르내리더니 크게 움직였다. 낚싯대 끝부분이 물속으로 빨려 들어가고 있었다. 된통 물렸나 보다. '멍청이 같으니라구!' 나는 속으로 중얼거렸다.

이번에도 남편은 한 번도 본 적 없는 날렵한 동작으로 점프하듯 날아왔다. 사태를 수습하고 대책이 안 선다는 눈초리로 날 쳐다봤다. 그리고 명당을 잡아 줘서 잘 잡히는 거라며 생색내는 걸 잊지 않았다.

흥미 없어 하는 것을 마치 마음을 비운 걸로 착각하는지, 욕심 없는 나에게 또 붕어가 물어 주었다. 이번에도 방관하면 한마디 들을 것 같아서 낚싯대를 하늘 높이 쳐들었다. 제법 큰 붕어가 허공에서 번쩍이며 요동쳤다. 손에 느껴지는 힘! 이런 걸 손맛이라 하는 걸까? 두 손으로 낚싯대를 움켜쥐고 나도 모르게 소리를 질렀다.

"어! 어! 어떡해, 잡았다."

주변 사람들이 엉거주춤한 내 모습을 바라보며 부러워하고 있었다. 붕어에겐 미안하지만 운수가 좋은 건지 몇 마리가 연거푸 잡혔다. 왠지 모를 희열에 점점 신이 났다. 하지만 내색하진 않았다. 그토록 싫어하던 내가 낚시광이 될 수 있다는 가능성을 들키고 싶지 않았다.

돌아와서 많은 칭찬을 들었다. 그는 내가 먼저 낚시를 가자는 말을 하게 될 거라 했다. 혼자 가라는 말이 단호하게 나왔다. 그러나 멀리 가서 천천히 와도 좋다는 말은 하지 않았다. 난 속으로 실수로 몇 마리 낚긴 했지만 그날 사태의 재발 방지를 위해 부단히 노력할 거라고 다짐하고 또 다짐했다. 일부러 생명을 잡고 싶지도 않고 힘들 뿐 아니라 낚시는 그의 취향일 뿐 내 취향은 아니니까 말이다.

같이 하길 그토록 원했건만 젊은 날엔 그러지 않았던 섭섭함이 남아 있기 때문일까. 그것만은 아닐 것이다. 이젠 자석의 힘이 다하여 음과 양이 서로 심드렁해지는 자연의 이치를 몸도 마음도 알아가고 있는 건지도 모르겠다. 아무튼 임모 씨 아내의 고달픈 하루였다.

나의 엄마 김 선생님

근래 일보다 오래전 일이 기억에 선명하다. 나도 놀랄 정도로. 엄마의 젊은 날부터 현재 모습까지 내가 엄마를 참 많이 닮았다는 것을 느끼곤 한다.

엄마는 지금 노환에 곱지 않은 모습으로 누워 계신다. 더 시간이 흐르면 나도 저 모습이겠지 생각하면 솔직히 피하고 싶을 때도 있다. 가끔 닮음과 유전이 무섭기도 하다.

젊은 날엔 멋있었던 엄마. 자식들 중에 모습은 내가 가장 많이 닮았지만 애석한 건 엄마의 재능을 닮지 못한 거였다. 엄마는 신기에 가까울 정도로 손으로 할 수 있는 일은 다 잘하셨다. 뜨개질, 옷 만들기는 전문가라 해도 지나치지 않고 시, 서화, 춤, 수영, 피아노 연주 실력도 좋았다.

다재다능한 실력을 갖춘 분이었는데 아버지의 반대로 재능을 발휘할 수 있는 교사직을 중도에 포기하게 되었다. 돌이켜 생각해 보면 아버지는 별 이유도 없이 강압적이었던 것 같다. 엄마는 교사가 당신에겐 천직이라며 아버지를 원망했다.

한풀이라도 하듯 늘 뭔가를 만들었는데, 황토 벽돌을 만들어 자그마한 집을 짓고 방구들도 직접 놓았다. 전기장판도 만들고 스텐 냄비에 다리를 용접해 와서 코일을 깔아 전기레인지도 만들었다. 미장일도 어설픈 미장이보다 깔끔하게 잘 하는 엄마를 보고 아버지는 교장 선생 딸인 줄 알고 결혼했는데 미장이 딸이었나 보다고 놀리기도 했다.

그렇게 수시로 뭔가를 만들다 보니 집 안에 잡동사니들이 쌓여 가기 시작했다. 당신은 필요해서 버리지 않지만 가족들에겐 그게 아니었다. 어려선 무엇이든 만들어 내는 엄마가 신기하고 멋있어 보였는데, 커가면서 집 안이 어수선하고 깔끔하지 않자 나와 부딪히는 일이 자주 생겼다. 수집증 증세가 아닐까 걱정되기도 했다.

내가 결혼한 뒤에도 일상용품들을 손수 만들어 집안 살림은 날이 갈수록 궁상스러워져 갔다. 친정에 가면 엄마 아버지를 외출시키고 너저분한 물건을 가차 없이 버리고 간다는 말도 없이 돌아오기도 했다. 그러나 다음에 가면 다시 원상 복귀되어 있었다. 나는 엄마한테 갈 때마다 너저분한 엄마의 물건들과 소리 없는 전쟁을 했다.

유난히 병약한 엄마는 응급실과 중환자실에 가는 횟수가 많아졌다. 나는 중환자실 앞에서도 엄마가 버리지 못하는 공구며 물건들을 치워야 한다는 강박감에 시달렸다. 하지만 엄마는 신병이라도 난 것처럼 중환자실에서 퇴원할 때는 언제 그랬냐는 듯 말짱해졌다. 그럴 적마다 물건들을 치우려 했던 마음이 죄송스러웠다.

언니 오빠들은 무언중 엄마의 물건을 정리해야 하는 몫은 막내인 나라고 생각했다. 내가 해야 엄마의 역정이 좀 덜하다는 이유일 것이다. 노환이 깊어져 거동할 수 없게 되면 깔끔하게 정리하리라 생각했는데, 막상 일어나지 못하는 걸 보면 마지막 유품 정리가 될 것 같아서 그럴 수가 없었다.

어느 날 미국에 사는 큰언니가 작정하고 내게 전화했다.

"내가 안 봐도 알고도 남는다. 작은언니와 오빠 생각도 그렇고 니 생각도 마찬가지일 테니, 니가 귀신 나오게 생긴 물건들 좀 치우면 좋겠다."

큰언니가 와서 정리하지 못해 미안하다는 말도 했고 백번 공감하면서도 울컥 화가 치밀었다. 단지 멀리 있다는 이유에서였다.

'옆집 아줌마만도 못한 해외동포 같으니라구.'

지나치게 가부장적인 아버지 때문에 엄마의 재능이 엇나 갔다는 생각에 아버지께도 화가 났다

큰언니의 전화에 힘을 얻어 며칠 후 마음 먹고 엄마의 물 건들을 정리하기로 했다. 예상은 했지만 기가 막혔다. 고장 나 못 쓰는 것까지 전기 드릴 두 개, 샌더기, 모양이 각기 다 른 톱 여섯 개, 대패 세 개, 펜치와 장도리 정도는 공구 축에 끼지 못하고 나머지 작은 연장들도 헤아릴 수 없이 많았다. 공구 가게 하나 차려도 될 정도로 종류도 다양했다. 그러니 만드는 재료들은 얼마나 많겠는가.

넘치는 끼를 그렇게 발산한 거라고 이해하고 싶었는데 나 도 모르게 투덜거렸다. 내가 모습만 닮아 다행이라는 생각 도 들었다. 수집증이 맞는 것 같았다. 언니 오빠에게 나눠 줄 것 몇 개만 남겨 놓고 고물상과 인부를 불러 매몰차게 치 워 버렸다.

같이 정리에 가담했던 아들이 걱정되는지 살며시 할머니 방에 들어갔다. 잠시 후 방문을 열고 나온 아들은 할머니께 많이 죄송하다는 표정이었다.

"엄마, 할머니가 누워서 눈을 감고 드라이버를 만지고

계세요."

나는 죄송한 마음보다는 드라이버의 출처가 궁금했다. 아들은 할머니 침대 머리맡에 여러 개의 연장이 있다면서 내 마음을 꿰뚫어 보듯 그것마저 치우면 안 된다고 당부했다. 아들의 당부가 아니더라도 그건 치울 순 없었다.

그게 몇 년 전 일인데 그때 남아 있는 연장 몇 가지로 지금도 근근이 뭔가를 만들고 계신다. 일어서서 걷지도 못하면서. 그나마 몇 개 남아 있어 다행이라 생각할지, 분신 같은 물건들을 치워 버린 막내딸이 야속한 건 아닌지, 그 마음은 알 수 없다.

연애편지 대필 사건

고1 때부터 6년이란 긴 시간 동안 세 살 터울 작은 언니의 연애편지를 대필했다. 처음엔 그저 장난처럼 써주기 시작했다. 내 얘기가 아니어서 더 잘 쓸 수 있었다. 가공의 이상형을 향해 한껏 감성을 부풀리면 신이 났다. 사춘기 때 연애소설을 하룻밤에 한 권을 읽어 치웠으니 얼마나 쓰고 싶은 말이 많았겠는가. 그쪽에서 답장이 오면 시험 기간이어도 밤을 새워 가며 온갖 현란한 단어를 쏟아냈다.

언니의 문체는 자로 잰 듯한 성격처럼 간단명료한 보고서 같았다. 몇 년이 가도 제자리걸음일 것만 같았다. 그래서 자처한 일이지만 아무런 대가도 없는 대필을 6년이나 했다는 것은, 그래도 뭔가 보이지 않는 반대급부가 있을 터였다.

고요한 아침처럼 단아하고 착한 언니는 어떤 일을 해도 눈총을 받지 않았다. 상대적으로 나는 늘 아버지에게 요주의 인물이었다. 내가 사춘기로 몸살을 앓던 때부터 아버지는 내 일기장을 검열하시곤 했다. 그래서 더 터져 버릴 것만 같았던 시절. 언니의 연애편지를 대필하면서 폭발하려는 나를 달랠 수 있었다.

날이 갈수록 문장은 세련되고 내용은 깊어져 갔다. 나는 내 이상형 속으로 빠져들었다. 그만큼 상대의 편지 내용도 명문장이었다. 검은 밤바다에서 바라보는 별과 달과 파도의 묘사는 가히 절창이었다. 필체 또한 세련되었을 뿐만 아니라 신뢰가 갔다. 때때로 직업과는 맞지 않는 사람이라고 생각이 들기도 했다. 그는 원양어선 일등 항해사였다.

언젠가부터 편지라기보다는 연재소설을 쓰고 있는 것 같았다. 존재하지 않는 허상은 아닐까 하는 생각이 들었다. 그 시점에서 그가 귀국한다고 했다. 좀처럼 감정을 드러내지 않는 언니의 얼굴이 분홍빛이었다.

초여름쯤 그는 마린룩의 하얀 제복을 입고 구릿빛 얼굴, 다부진 모습으로 나타났다. 선비형의 아버지와 오빠만 봐 오던 내 눈에는 미남은 아니지만 건강해 보이는 것만으로도 매력적이었다. 언니는 그가 출국하기 전 한 번 봤는데 몇 년 만에 보는 설레는 감정보다 아버지가 무서워서 안색이 창백하기까지 했다.

아버지는 우리 예상과는 달리 별일 아니라는 듯 맞아 주셨다. 하지만 정작 그가 돌아간 후 집안엔 일진광풍이 휘몰아쳤다. 아버지의 하얀 인견 옷이 형광빛으로 서릿발이 서는 듯했다. 6년 동안 아버지가 몰랐다는 사실과 대필 사건까지 더해져 분노는 걷잡을 수없이 팽창되었다. 온 집안에 비상이 걸리자 순진무구한 오빠가 나의 대필 사실을 실토했기 때문이었다. 그때처럼 오빠가 미웠던 적은 없었다.

아버지 앞에 공범이 되어 무릎을 꿇은 언니와 나. 아버지는 나를 단순히 나무라는 수준이 아니었다. 범죄자를 단죄하는 수준이었다. '감정의 기만'이라는 것이었다. 기만이란 단어는 섬뜩했다. 왕관도 버린 윈저 공과 심프슨 부인의 사랑을 말씀하시던 아버지의 낭만적인 모습은 오간 데 없었다. 딸이 남자를 알았다는 사실만으로 화를 내는 것 같았다. 언니는 눈물만 흘릴 뿐 묵비권 행사. 엄마는 관리 부실의 책임으로 한마디 발언도 할 수 없었다. 엄마의 표정에서 큰언니 결혼 즈음에 하시던 말이 상기되었다.

"딸이 수녀가 될 것도 아닌데 왜 그리 유난스러운지."

아버지가 화를 내는 이유가 또 한 가지 있었다. '뱃놈'이라는 것이었다.

사랑이란 이룰 수 없으면 더 애절한 법. 언니의 조용한 투쟁은 시작되었고 나의 대필은 계속되었다. 기밀문서처럼 모두 잠든 밤에 언니의 생각을 써 내려갔다. 나도 덩달아 우울한 날들이었다.

그는 언니와 결혼하려고 해경으로 전직했다. 그렇게 애쓰는 것이 안타까웠다. 그래도 아버지는 달라지지 않았다. 둘러치나 메치나 뱃놈이라는 것이었다.

반 년의 시간은 회유와 긴장의 연속이었다. 이젠 언니가 요지부동이었다. 그토록 엄한 아버지도 끝내 매생이국처럼 김 안 나고 뜨거운 언니를 이길 수는 없었다.

드디어 언니는 결혼하게 되었다. 나는 진심으로 언니가 잘 살기를 기원했다. 남북전쟁 때 죽어 가는 병사가 집에 보내는 편지를 대필해 줬던 링컨. 그의 아름다운 편지만큼이나 내 역사에 길이 남을 아름다운 대필이 되리라 믿었다. 세상에서 단 하나뿐이며 오로지 언니만을 위한 웨딩드레스를 손수 지어서 울린 웨딩마치였다.

그러나 편지를 주고받은 6년의 시간만큼도 채우지 못하고 그들은 멀어졌다. 편지에서는 그가 알코올 중독 수준이라는 걸 알 수 없었던 것이다. 긴 항해로 겪었을 스트레스일 거라는 이해는 체중 36kg이 된 언니를 두고 할 수 있는 말은 아니었다. 한편으론 그가 그동안 편지를 통해 언니에게서 느꼈던 감정과 실제가 상이했던 것은 아니었을까 하는 생각은 나중 일이었다.

나는 언니를 부둥켜안았다. 내 인생에서 가슴 아프다는 의미가 뭔지 그때 처음 절실하게 느꼈다. 우주의 중심은 자신이고 자신 아닌 아무것도 생각지 말라며 언니를 데리고 왔다. 그 후 언니가 외로워하거나 힘들어할 때마다 나는 함께 아팠다.

아버지가 반대하셨을 때 멈췄어야 했다. 내가 대필해 주지 않았으면 냉철한 언니가 스스로 멈추었을 거라고 생각하면 더욱 그랬다. 내 깊지 못한 생각이 언니의 삶을 뒤흔들어 놓은 것만 같았다.

대필로 언니의 청춘을 일부분 점령하고 헤어지는 데도 일조해 버린 나는 두고두고 후회했다. 잊을 만하면 생각나는 연애편지 대필 사건에 난 언제나 피의자 신분이었다.

지금은 편한 모습으로 살아가는 언니. 그 기억 때문에 아직도 아파할까. 언젠가 한번 물었다. 언니가 아무렇지 않다는 표정으로 그와의 만남과 헤어짐은 자신의 숙명일 뿐, 오히려 내가 있어 든든하다는 말에 나는 웃음도 울음도 아닌 뜨거운 덩어리를 토해 냈다.

언니가 그와 헤어진 후 우린 떨어져 살아본 적이 없다. 때로는 한집에서 살았고 지금은 걸어서 갈 수 있는 거리에 살고 있다. 언니의 삶에 또 다른 대필은 안 된다고 다짐하지만, 어느 순간 또 언니 편에서 뭔가 대필해 주려는 나를 발견하고 화들짝 놀랄 때가 있다.

오빠는 행복했을까

러시아 문학기행 때 가장 관심 갔던 작가는 막심 고리키였다. 예전에 오빠가 추천해 준 작가여서일까. 『어머니』를 비롯해 몇 편 읽었기 때문에 남다른 기분이었다. 그 고리키의 집 안엔 온통 책이었다. 오빠의 집도 그랬다. 장서를 빚더미처럼 나에게 남겨 놓고 돌아가신 오빠. 나는 또 오빠를 그렇게 그리워하고 있었다.

팔천여 권의 책. 벽면이 온통 책으로 도배되어 텔레비전은 물론 식탁 놓을 자리도 없었다. 거실엔 천장까지 닿는 책꽂이를 짜 맞췄다. 책꽂이 사이가 좁아 게걸음으로 걷던 오빠는 행복해 보였다. 오빠는 책을 읽는 순간만큼은 상황 판단이 안 되는 사람이었다. 추운지 더운지, 배가 고픈지 부른지, 누가 왔는지 가는지…. 쇼핑 중독에 걸린 여인이 보석이나 옷을 사는 것처럼 책을 사들였다. 책을 사오는 날은 흥분돼 있었다.

그 많은 책 때문에 오빠는 생전에 내 원망을 많이 들었다. 쌓아 놓은 책이 무너지면서 얻어맞은 적이 있는 언니는 오빠 집에 가고 싶지 않다고 했다. 오로지 엄마만 오빠 편이었다. 너무 오래 앉아 책을 읽다 보니 혈액 순환이 되지 않아 엉덩이에 괴사현상이 생기자 똬리 같은 방석을 만들어 주기도 했다.

어느 때부터 이득을 남겨야 하는 장사꾼이 되어 버린 나로선 오빠를 이해할 수 없었다. 국립대학교 교수 월급으로 그렇게 책을 사고 나면 뭐가 남는다는 말인가. 지식도 현실에 접목시켜 최대한 우려먹어야 한다는 내 생각이 너무 통속적이었을까. 내겐 이유 같지 않은 이유로 오빠는 결국 교수직을 놓고 말았다.

쉰 살에 공부를 더하겠다고 미국으로 가면서도 책을 보내달라고 했다. 거칠 것 없이 독서만 하겠다는 심사로만 보였다. 어처구니없었다. 그런데 나중에야 알았다. 오빠가 체력적으로 힘들었다는 것을. 어려서부터 병약했던 오빠. 교수라는 직업과 과도한 독서가 건강을 해친 걸까. 암이 자라고 있었다. 충격이었다.

오빠는 시한의 삶을 살면서도 손에서 책을 놓지 않았다. '내일 지구의 종말이 올지라도 한 그루의 사과나무를 심겠다'는 스피노자를 보는 듯했다. 돌아가시기 한 달 전쯤 갑자기 오빠가 사라져 온 집안이 발칵 뒤집혔다. 마지막 한풀이라도 하려는 것이었을까. 아침부터 서점에서 책에 빠져 있다가 문을 닫을 때 쫓겨나서야 집에 돌아온 것이었다. 45kg의 남자가 직원의 눈에는 어떻게 보였을까. 엄마는 오빠를 보는 순간 주저앉고 말았다. 책을 아무리 좋아한다 해도 그 정도면 정상이 아닌 것 같았다.

사무친 듯 때론 미친 듯이 기력이 다하는 순간까지 책을 읽다 돌아가셨다. 현실에서 좀 먼 오빠가 때론 답답했지만 아이처럼 순수했던 정신 세계와 지식은 내가 늘 부러워하고 존경했던 부분이었다.

오빠의 마지막 모습을 보면서 나는 왜 그런 말을 했을까.

"남자로 태어나서 친구에게 술 한상 거하게 사지 못하고 여자들에게 팁 한번 주지 못하고 가다니…"

육십도 채우지 못하고 가버리는 것이 너무 애절해서 오빠에겐 전혀 어울리지 않는 말을 곡처럼 늘어놓자 누군가 나를 달랬다.

"오빠는 행복한 사람이었어. 하고 싶은 것 원없이 했잖아. 책을 사고 싶은 대로 샀고, 읽고 싶은 대로 읽다 가셨잖아."

오빠가 가신 뒤 막상 그 많은 책을 내가 간수할 수밖에 없게 되니 기가 막혔다. 마지막 35평 아파트로 이사할 때 일부 정리하고도 내 집 창고에 천여 권이 남아 있었다. 도서관에 기증하려니 늙은 책은 안 된다는 것이었다. 사정하듯 모 대학교로 보내기로 했다. 마치 봐주기라도 하는 것처럼 요구 조건이 많았다. 목록을 작성해서 보내면 필요한 것만 받겠다는 것이다. 개별 포장해서 가져오라는 말이 거만스럽기까지 했다. 내 실력으론 분류도 어렵고 운반 비용도 만만치 않았다. 결국 포기할 수밖에 없었다. 전국의 고서점은 거의 알아보다시피 했지만 다 가져가겠다는 서점은 없었다. 쌓아 놓을 장소가 없기도 하지만 필요한 것만 가져가겠다는 것이었다.

오빠를 생각하면 책을 정리하고 싶지 않았다. 하지만 날이 갈수록 그 책들이 숨통을 조여 오는 것만 같았다. 갖고 싶은 책 몇 권이라도 챙길 마음마저 퇴색된 채 내겐 단지 처치 곤란한 애물단지일 뿐이었다. 그런 생각이 들 때마다 오빠에게 죄스런 마음뿐이었다.

몇 달을 고심한 끝에 처분하기로 했다.

부모님은 아쉬워하며 나를 설득하려 하셨다. 이해는 하지만 그 많은 책을 안고 있기에는 내 뜻만으로 되는 일이 아니었다. 또다시 옮겨야 하는 상황이 발생하면 이혼해야 할 것 같았다.

내용이 너무 어려운 책이나 수많은 원서들이 내게 무슨 필요가 있단 말인가. 진열해 놓고 폼을 잡는다고 해도 어느 정도여야지. 전공 서적은 그만두고라도 희귀하고 소장 가치가 있는 고서들도 있을 텐데 알고 싶지 않았다. 오빠가 움직일 때마다 책도 옮겨 줘야 했던 나는 그만 책으로부터 해방되고 싶었다.

책도 관리하지 않으면 초라해진다. 더구나 주인을 잃은 책 속의 활자들은 분진처럼 빠져나가고 검은 그림자만 남아 있는 것 같아 무섭기까지 했다. 어쩔 수 없이 폐지로 팔기로 남편과 합의를 본 날, 난 앓아눕고 말았다. 내 마음이 그게 다가 아니었던 것이다. 짐짓 아닌 척은 했지만 갈등이 내 몸을 가만두지 않았다. 온몸에서 수분이 다 빠져 버리고 껍데기만 남은 것 같았다. 느낌처럼 내 몸에 열이 있던 것은 아니었다. 집안의 상징 같은 것을 짓뭉개 버리려는 내게 자존심이 있기나 한 걸까. 감당하지 못한 나의 지적 수준도 한없이 초라할 뿐이었다.

며칠 후 폐지나 다름없는 가격으로 사겠다는 서점이 나타났다. 옆집 애완견 차우차우 값만도 못한 가격이었다.

오빠의 분신 같은 책을 팔아먹는 나를, 여기저기로 흩어져 버릴 책들을 오빠가 슬픈 눈으로 내려다보고 있는 것만 같았다.

살면서 가지고 있던 물건들을 팔기도 하고 버리기도 한다. 때로는 불태워 없애기도 하지만 책을 없애는 것처럼 마음이 피폐해지는 것이 있을까. 더구나 가장 사랑했던 사람이 남긴 책을 처리해야 하는 일이라니.

다만 누군가의 말처럼, 책을 원없이 읽다 간 오빠는 행복했을 거라고 그렇게 위안을 삼을 수밖에.

위선이었을까

오빠에게 남아 있는 시간은 길어야 일 년 정도라 했다. 대장암. 이미 여러 곳에 전이되었다는 수술 후 소견이었다. 수술 후에 병원에서 할 수 있는 모든 치료가 동원됐다. 신약 처방까지. 그 후유증은 대단해서 차마 바라볼 수 없을 만큼 처절했다. 눈, 코, 귀에 피가 서리고 입 안은 먹빛 피자두 같았다. 온몸은 이미 타들어 가는 듯 암갈색이 되어 가고 있었다. 난 차라리 죽음을 받아들이라고 소리라도 치고 싶었다.

6년째로 접어들었을 때, 나는 살고 싶어 하는 오빠의 눈빛을 피해 다니면서 죽음 뒤의 절차에 대해 생각했다. 가족 중에서 제일 먼저 내가 담당의사에게 치료를 중단하고 싶다고 했다. 내 손으로 베드를 밀고 호스피스 병동으로 옮겼다. 병실에 들어오자 오빠는 창밖을 내다보며 하늘이 보여서 좋다고 말했다. 내 행동이 조금만 빨라져도 오빠는 자신의 임종을 준비하느냐고 물었다.

병실을 옮긴 지 열흘이 지나고 자정이 가까운 11월 어느 날, 오빠는 들릴 듯 말 듯 숨을 쉬다가 다음 숨을 쉬지 않았다.

나는 오빠의 얼굴을 감싸안고 통곡했다. 오빠가 돌아가셨다는 사실보다 내가 지쳐 견디기 힘들 때면 오빠가 삶에 매달리지 말았으면 좋겠다는 생각을 때때로 했다는 사실 때문에 더 그랬다.

아무리 잊으려 해도 되지 않았다. 가슴에 멍울이 되어 만지면 덩어리가 만져질 듯했다. 오빠의 죽음에 앞장서서 깃발이라도 들었던 것 같아 날이 갈수록 가슴이 죄어들었다. 지울 수만 있다면 속죄하는 마음으로 무엇이든 하고 싶었다.

내가 생각했던 것은 호스피스였다. 자학하듯 그러고 싶었다. 그러나 그것도 어느 정도 과정이 필요했다. 요양 보호 등급을 받은 어르신들이 낮 시간 동안 계실 수 있는 주간 보호센터를 찾았다. 집에서 두 시간 정도 떨어진 곳이었다. 숙식할 간단한 용품 몇 가지를 챙겨 떠났다. 오빠에게 진 빚을 갚기라도 할 것처럼.

낯선 아침을 열었다.

"나 왜 안 죽어?"

연세가 가장 많은 아흔일곱의 할머니가 아침에 센터에 들어서면서 하시는 말이었다. 키가 크고 날씬해서 젊은 날엔 근방에서 소문난 미인이었다는데, 지금은 많은 재산을 아들에게 물려주고도 며느리 눈치가 보인다며 자주 우셨다. 오래 근무한 직원보다 봉사자인 내가 잘 받아 줄 것 같은지 내 손을 잡고 놓아 주질 않았다.

육십 중반의 아담하고 고운 여인은 시력까지 잃은 채 알츠하이머 치매를 앓고 있었다. 처음 본 날, 난 잠을 이룰 수가 없었다. 내 나이와 다섯 살 차이였기 때문이었을까. 다음 날 내 마음의 표현으로 체리핑크색 매니큐어를 발라 드렸다. 엄마 때문에 직장을 그만둔 딸은 아침마다 엄마를 유치원 아이처럼 단장해서 보냈다. 꼭 끼는 레깅스에 원피스, 앞뒤 좌우가 언밸런스인 롱 카디건. 너무 패셔너블해서 용변 보기가 힘들었다. 간단한 차림이어야 한다고 말해 주고 싶어도 엄마를 멋지게 보이고 싶은 딸의 마음이 애잔해서 차마 그럴 수가 없었다.

홀로 된 노인들 중에 할머니 숫자가 월등히 많다고 한다. 그곳도 마찬가지였다. 스무 명 중에 남자 어르신은 세 분뿐이었다. '내 나이가 어때서'를 신나게 부르는 건장한 남자 어르신은 일흔하나인데 날로 치매가 깊어지고 있었다. 먹는 것에 집착이 강하고 때로 난폭해져 센터에서 자주 아들을 호출했다. 그럴 때마다 아들은 일그러진 얼굴로 울먹였다. 건강했던 아버지를 생각하면 도저히 현 상태를 받아들일 수 없는 답답하고도 슬픈 눈물이었다. 내가 떠나온 뒤 요양원으로 보냈을 것이다.

스무 명 되는 어르신들은 거의 치매였고, 당장 치매가 아닌 분들도 초기 전조 증상을 보이고 있었다. 이런저런 사연들이 얽힌 세월의 흔적과 어디로 달아나 버릴지 모르는 순간들을 붙잡아 주기엔 나도 그들과 가까이 서 버린 나이가 됐다는 생각이 들었다. 어둠이 내리고 집으로 돌아갈 시간이 되면 아무것도 모를 것 같은 중증 치매 노인도 무척 초조해했다. 귀소본능 한쪽에 행여 가족으로부터 버림받지 않을까 하는 두려움이 잠재돼 있는 것 같았다.

죽음에 가까운 노인들을 바라보면 죽음의 공포에서 절망하던 오빠의 마지막 모습이 더 생각났다. 살고 싶어 하던 애달픈 눈빛, 때론 분노에 차 있던 눈빛은 꿈에서도 보였다. 암 환자나 치매 환자나 건강해서 천수를 누린 사람도 어차피 생명은 유한한 거라고 말하기엔 오빠는 오십 대 젊은 나이였다. 이뤄 놓은 학문과 명예가 억울했을까. 아니다. 죽음 앞에서 오빠에겐 이미 아무 소용 없는 일이었을 것이다. 그건 나의 욕심이었고 그 욕심 때문에 나는 기적을 바라며 몇 년을 버텼는지도 모르겠다.

그러나 돌아가실 무렵엔 숨소리마저 내겐 고통이고 부담이었다. 그랬던 내 마음을 편하게 하고 싶어서 봉사활동을 하고 있는 건 아닌지 자책이 들었다. 불 속에서 다 타버리고 하얀 대퇴부의 형체만 서서히 나오던 오빠의 마지막 모습을 지우려고 애를 썼지만, 어떤 것으로도 미안한 마음이 사라지는 건 아니었다. 나는 정말 오빠가 죽기를 바란 건 아니었을까. 호스피스 병동으로 옮기던 날 내 발걸음이 가벼웠던 것은 아니었을까. 오빠에 대한 기억은 잊기는커녕 덜어지지도 않았다.

9주째쯤 되는 날이었다. 같은 사업을 하던 지인에게서 상의할 일이 있다는 전화가 왔다. 기간을 정하고 간 건 아니었지만 기다렸다는 듯이 짐을 꾸렸다.

나는 살아 있고, 살아야 한다는 이기심을 어떻게 말할 수 있을까. 서둘러 집으로 돌아오면서 그동안 내가 무슨 짓을 했고, 왜 그래야 했는지 먹먹하기만 했다. 위선이었다는 생각이 머릿속을 꽉 메웠다.

남정인법

나이가 들면 흰머리를 자연스럽게 받아들이겠다는 생각을 해 왔다. 반백의 웨이브 단발이나 쇼트커트도 괜찮을 것 같았다. 주름을 감추겠다고 화장이 짙어지면 안 된다고 마음을 다졌다. 그래서 진즉부터 기초화장 다음에 선크림으로 마무리한다. 옷은 면바지에 헐렁한 재킷을 걸치는 심플한 차림. 낮은 신발을 신다 보니 어쩔 수 없이 편한 옷차림이 되었다.

그런데 머리가 문제다. 반백이 되어 가는데 마음먹은 대로 받아들이지 못하고 염색이 주기적인 일상이 되어 가고 있다. 흰머리가 나기 전엔 얼굴은 늙었는데 머리카락만 까만 할머니가 보기 싫었다. 전체적인 조화로 반백이나 백발이 자연스럽고 세련된 것이라고 생각했는데 거울 속 내 흰 머리를 보면 마음이 달라진다.

30주년 여고 동창회 때였다. 오랜만에 참석한 한 친구를 보고 모두들 깜짝 놀라는 표정이었다. 친구는 검은머리가 한 올도 없는 백발이었다. 들어오는 순간부터 그녀는 그동안 못 본 친구들에게 인사하느라 이 자리 저 자리로 바쁘게 옮겨 다녔다. 큰 솜사탕 뭉치 같은 친구의 백발도 부산스럽게 떠다녔다. 하얀색이 그토록 시선을 끄는 색인 줄 몰랐다. 친구가 움직이는 곳마다 모두의 눈이 따라 움직였다.

그 백발로 점잖게 앉아 있었다면 근엄하고 눈이 부셔서 가까이 가지 못했을지도 모른다. 어쩌면 친구의 행동은 우리에게 백발을 자연스레 받아들이게 해 주려는 배려였을까. 하지만 염색을 했어야 한다면서 곱지 않은 시선도 있었다.

"쟤, 왜 저래?"부터 시작해서 "나이가 몇 살인데 건방져 보인다", "자신감이 넘친다"는 등 의견이 분분하고, 어느 짓궂은 친구는 회장감이라며 추대할 테니 동창회 기금과 장학금을 많이 내놓으라고 놀리기도 했다. 쉰밖에 안 된 나이에 일찍 온 백발이 낯설기만 했다. 나는 그 친구가 왠지 안쓰러웠다.

내가 염색을 고민할 때가 되고 보니 그 친구 심정이 이해가 됐다. 나이를 불문하고 그 친구 정도 백발이면 선택의 여지없이 염색을 포기하게 될 것이다. 친구는 지금쯤 염색 앞에서 갈등하는 우릴 먼발치에서 느긋하게 바라보는 여유가 생겼을지도 모를 일이다.

거울을 보니 앞머리와 귀밑머리 쪽이 허옇다. 늙어 보이고 깔끔해 보이지 않다. 그동안 염색을 애써 참아 왔지만 마음을 바꿀 수밖에 없었다. 중요한 약속이 있기 때문이다.

미용실 거울에 비친 내 모습. 염색약을 바르고 나니 손오공이 드라큘라 백작 망토를 휘두르고 앉아 있는 것만 같다. 그 모습이 싫어서 눈을 감았다.

염색할 때마다 스스로 초라해져서 이번만 하고 다음부턴 그만두자고 수도 없이 다짐했다가도 번번이 번복했다. 이젠 엉거주춤 필수와 선택의 중간쯤 된다고 타협하지만, 언젠가는 그만둔다는 다짐을 실천할 수 있을 것이다. 그 친구처럼 백발이 되어 할 수 없게 될 때 말이다. 그렇게 생각하니 염색을 못하게 되는 것도 슬플 일이다.

또 염색을 해야 했다. 이번엔 직접 해 볼 생각이었다. 처음 사용해 보는 버블식 염색약. 사용법을 대충 읽고 이마, 귀밑머리에 도톰하게 거품을 올리라는 문구를 염두에 두고 시작했다. 십 분 동안 그대로 두라 했는데 거품을 산처럼 쌓아

올리고 삼십 분 넘게 드라마를 봤다. 거품이 무게를 못 이기고 이마의 4분의 1 지점까지 내려와 있었지만 별 생각 없이 머리를 감았다.

숙제를 끝낸 홀가분한 기분으로 거울을 보는 순간 기가 막혔다. 거울 속의 나는 내가 아니었다. 얼굴이 요즘 선호하는 사이즈, CD 한 장으로 변할 줄이야. 전체적으로 좁아진 그 험한 꼴이란. 앙드레 김의 이마와 엘비스 프레슬리의 구레나룻을 합성해 놓은 것 같았다. 욕심이 과하면 화를 부른다더니, 시간 초과도 문제요 많이 바른 것도 문제였다.

다시 돌아갈 것 같지 않은 얼굴. 다급한 마음에 때수건으로 문질러 보았지만 나아지지 않았다. 급기야 사우나라는 묘안이 떠오르고 먼동이 틀 때 시작된 고행은 점심때가 되어서야 끝이 났다.

외계인처럼 변해 버린 얼굴에 놀란 가슴을 다스리면서도 굳은 결심이 서질 않았다. 세상 사람 모두 흰머리를 자연스럽게 받아들이면 염색으로부터 자유로울 텐데.

사회적으로 이슈를 만들어 머리 염색 없는 세상을 만들면 어떨까. 염색 금지법. 어느새 머릿속에선 구체적인 안을 만들고 있었다. 염색하는 사람에게는 환경오염 분담금을 내게 하고 안 하는 사람에겐 세금을 깎아 준다든가…. 번거로운

게 싫고 경제적 부담으로부터 해방되고 싶은 나를 비롯한 많은 사람들에게 아주 고무적일 것이다. 거리에서 캠페인을 벌이고 서명을 받고 국회로 보내 입법하고. 만약 통과만 된다면 '남정인법'이 될 수도 있을 텐데.

미안해, 젊은이

 가을바람 따라 남쪽으로 갔다가 일행은 부산에서 골프를 치기로 해 나 혼자 올라올 수밖에 없었다. 괜찮은 척했지만 혼자 버려진 기분으로 차에 올랐다.

평일 KTX 좌석은 여유로웠다. 한 자리 건너 한 사람, 두 자리 건너 한 사람. 다행히 창쪽 자리였다. 창밖으로 가을 풍경을 볼 수 있겠다 싶어 씁쓸하던 마음이 좀 풀렸다. 달리는 차창 밖 풍경이 얼마만인가 싶었다.

앞자리도 뒷자리도 비어 있었다. 게다가 옆자리까지도. 빈자리가 다 내 자리인 것처럼 넉넉한 기분이 들었다. 옆자리에 가방을 놓고 느긋하게 앉았다. 기차가 빨리 떠나기를 기다렸다.

"가방 좀 치워 주세요."

거구의 젊은 남자가 체중 때문인지 식식거리며 서 있었다. 논스톱이면 모르지만 몇 정거장을 거쳐야 하니 다른 곳에 앉으면 안 되겠냐고 할 수도 없었다. 빈자리가 수두룩해도 굳이 정해진 자리에 앉겠다는데 어쩔 수 없었다.

내가 자릴 옮겼어야 했나. 마음이 불편해지면서 창밖 풍경도 내키지 않았다. 그날도 그렇고 며칠 전 친구들을 만났을 때 화제가 골프다 보니 할 말이 없어 머쓱했던 생각이 났다. 날마다 쫓기며 살아가는 나는 어쩌다 골프 연습을 해도 집중이 되지 않았다. 언제라도 할 수 있다는 생각으로 접어버렸다.

보석이나 모피를 보고 열광하는 여자들을 보면 격 없어 보였던 생각들도, 돌이켜보니 언제라도 가질 수 있고 굳이 원하지도 않아 시시해하던 마음도 후회가 됐다. 제때 누릴 줄도 알아야 했는데. 할 수 있어 안 하는 것과 할 수 없어 못 하는 것의 차이는 몇 광년 떨어진 거리쯤일 거라는 두려움 같은 것과 지난날들에 대한 회한이 12첩 반상처럼 머릿속에서 펼쳐졌다.

세상을 사는데 최소한 치사하진 말아야겠다는 생각도 젊음의 객기였다는 자책이 목구멍에서 울컥 치밀었다. 사업이 망해도 저 먹을 건 다 빼놓는다는 말은 내겐 해당되지 않았다.

십 년 전 짓고 있던 건물이 잘못되어 곤두박질치면서 바닥이 어디인지도 모르고 떨어질 때 아무것도 잡히지가 않았다. 10층에서 떨어져도 중간에 뭔가에 걸렸다 떨어지면 충격이 줄어들어 살기도 한다던데 아무것도 보이지 않았다. 그대로 멈추고 정리를 했어야 했는데 떨어지는 자체마저 느끼지 못할 정도로 그야말로 한방에 날아가 버렸다는 표현이 맞았다.

그대로 가다간 살아남지 못한다는 생각을 왜 하지 못했는지. 관리 능력 부족이었다고 자인하는 데도 강산이 한 번쯤 변하고 말았다.

앞으로도 강산은 더 매섭게 변해 갈 텐데. 난 실패했고 가난해졌다. 처음 몇 년은 달러 환율처럼 내 지난 시간의 돈과 현실의 돈 차이가 쉽게 계산되지 않았다. 돈 나올 곳이 없는 건 확실한 사실인데 어디엔가 있는 것만 같았다. 과대망상증처럼. 웅크리고 있다가도 기회가 오면 도움닫기로 점프하여 원하는 지점에 갈 수 있다는 환상이 들기도 했다.

노년으로 가는 나를 어쩌라고. 순간 욱 하고 뜨거운 덩어리가 목구멍에 걸렸다. 단 몇 초 사이에도 많은 생각들이 머릿속에서 회오리쳤다. 숨을 몰아쉬지 않으면 터져 버릴 것만 같이 답답했다.

정거장에 멈출 때마다 갈등, 자리를 옮겨야 하나 말아야 하나. 젊은이의 살이 의자를 차고도 넘쳐서 내 자리로 침범해 올 것만 같았다. 게다가 잠이 들었으니 자릴 옮기겠다고 말할 수도 없었다. 텅텅 빈 의자들을 바라보면서 상대적으로는 갇혀 버렸다는 느낌이 들었다. 폐쇄공포증처럼 자꾸만 좁혀 왔다. 머리를 압축기로 조여 오는 것 같았다. 막혔다는 생각이 들어 더 그랬다.

거구의 젊은이가 미웠다. 살이 쪄서 그런지 코까지 골았다. 신경질적인 눈으로 옆모습을 째려보았다. 그런데 자는 모습이 착해 보였다. 아들 나이쯤 되었을까. 아들도 살이 쪘는데 누군가 나처럼 미워하면 어쩌지. 순간 모성애 같은 것이 가슴에서 올라왔다. 그러면서 옹이진 마음이 풀리고 있었다.

내게 주어진 건 한 좌석인데 옆자리까지 차지하고 싶은 쓸데없는 욕심이 빈 좌석을 둘러보게 했을까. 괜히 젊은이와 그의 살을 미워했을까. 고약한 마음을 가라앉히지 못하고, 부산에서 광명역 가까이 올 때까지. 미안했다.

젊은이는 도착 십 분 전쯤 전화를 하려는지 객실 밖으로 나갔다. 돌아와 목례를 하면서 자리에 앉았다. 다시 걸려온 전화를 받을 때의 매너도 아주 좋은 청년이었다. 빈자리가 많다고 옮겨 앉지 않고 정해진 자리에 앉는 것도 그 젊은이에겐 기본적인 예의였을 것이다.

아직도 반성하고 미안해야 할 일이 얼마나 많을까. 노력의 대가와 시간의 상실은 힘들지만 내가 감히 알 수 없을 뿐, 이미 정해진 길을 가고 있을지도 모른다 생각하니 한결 마음이 편해졌다.

'마음을 순하게 가져라.'

나를 다독였다.

측은지심이 안개꽃처럼 피어나길

내일이면 새천년이 시작된다고 요란스럽던 그 해 마지막 날. 나한테는 통과의례인 양 지독한 감기 몸살이 왔다.

가까스로 일과를 마치고 집으로 가는데 머릿속에서 끓는 물이 출렁이는 것만 같아 고개를 가눌 수가 없었다. 눈도 뜰 수 없을 만큼 고통스러웠다. 그래도 집이 멀지 않으니 갈 수 있으리라 했는데 참을 수 없어 갓길에 차를 세우고 119를 불렀다.

피곤해 보이는 젊은 의사는 내 상태를 보고 별 거 아니라는 듯 돌아서 가고 간호사는 빠른 손놀림으로 체온계를 귀에 점찍듯 했다. 숫자를 확인하고 놀라는 표정도 잠시, 절도 있게 링거를 매달고 줄에 주사약을 넣었다.

얼마나 시간이 흘렀을까. 나도 모르게 흘러나오던 신음 소리가 줄어들면서 수액도 끝나가고 있었다. 정신을 차리고 보니 아무래도 새천년을 병원에서 맞이할 순 없다 싶었다. 입원하라는 의사의 말을 듣지 않고 집으로 왔다.

한 해를 보내고 특별한 새해를 맞이하겠다는 경건한 마음으로 제야의 타종식을 보고 누웠다. 그렇게 몇 시간이 지나자 약 기운이 사라지면서 열이 오르고 다시 응급실 가기 전 상태로 돌아가고 있었다. 달라질 것 없이 그날이 그날일 텐데 병원에 있을 걸, 후회막급이었다.

정말 힘든 밤이었다. 병원에 다시 가야겠다는 생각만 머릿속에 가득했다. 병원에 가려고 가까스로 일어서는 그때, 방문이 힘차게 열리면서 들리는 한마디.

"이젠 밥하지!"

남편은 내 상태가 어떤지는 알 바 아니고 응급실에서 치료했고 아침이 됐으니 밥을 하라는 말이었다. 참으로 비정하고 분노케 하는 말이었다. 밥을 못할 정도로 아프다는 말을 하고 싶지도, 눈치가 없는 것이라고 이해하고 싶지도 않았다.

'하지, 뭐.'

그토록 밥이 중요해서 아내의 상태 여부가 안중에 없다면 난 밥하는 데 목숨이라도 걸겠다는 소리 없는 절규였다. 나는 분연히 일어섰다. 순전히 오기였기에 가능한 일이었다.

아무래도 뒤끝이 오래갈 것만 같은 사건이었다.

밥하는 반복적인 일상을 가끔 벗어 던지고 싶지만 어쩌면 여자의 숙명 같은 거라고 잠재돼 있어서인지 크게 거부할 마음은 없다. 난 음식 만드는 걸 좋아하기도 한다. 커피색 옥스퍼드 천으로 만든 직사각형 앞치마. 특별히 주문한 나만의 것이다. 앞치마를 골반뼈 부분에 걸쳐 질끈 동여매고 밥 짓는 동작이 행위예술이라는 생각에 내 모습이 멋있게 느껴지기도 한다. 식탁 차림이 설치미술 같거나 특별히 맛있는 요리가 되었을 때 가족의 칭찬은 나를 행복하게 한다.

그러나 응급실에서 나온 아내에게 '밥 얘기'를 하는 것은 아무래도 아니라는 생각이 들었다. 매식이 남자의 권위를 팔아 얻는 밥이란 그의 생각은 '아니라'는 얘기다. 냉장고 문을 열고 싱크대 앞에 서는 일이 남자의 자존심을 구기는 일이라는 생각도 '아니라'는 얘기다.

어느 날부터 나는 비폭력적 무저항으로 보이지 않는 머리띠를 매고 있었다. 정면 돌파할 수 없으니 찌질한 항거였을까. 내 마음속에 세운 자잘한 돌기가 사포처럼 단단해져 간다고 나를 믿고 싶었다. 사포로 문지르면 밥이라는 딱딱한 각은 마모되고 머지않아 곡선을 만들 수 있지 않을까.

곡선에 대한 내 나름의 정의. 내가 힘들 땐 스스로 알아서 사먹기라도 한다면 그것이 내가 추구하는 부드러운 곡선이었다. 때마다 사포로 문지르고 싶었다. 그러려면 선전포고라도 할 듯 비장해야 했지만 비장을 감당할 만큼 굳세지도 못했다.

한으로 남은 세기말의 밥 타령 사건 후, 십 년 만에 그때처럼 지독한 감기 몸살이 다시 왔다. 감기에 잘 걸리지 않는 나는 한번 걸렸다 하면 중병처럼 생사를 넘나드는 것같이 유난스럽다. 팔과 다리에 힘이 쭉 빠지면서 머릿속이 뜨거운 열로 불덩이 같다.

또다시 새천년의 상황이 도래한다면 직립이 어려운 상태로 밥을 할 것인가. 순종을 가장하지도 말고 오기도 부리지 말아야겠다고 생각했다. 정말 아무 부담 없이 '사먹고 오시라' 그렇게 말하고 싶었다. 그런데 그의 표정이 뇌리에서 날카롭게 스쳤다.

얼핏 옆집 강아지 생각이 났다. 강아지는 오는 날부터 일 년 지나도록 한 곳에 매어 놓았는데 정작 끈이 끊어졌어도 끈 길이만큼의 반경을 벗어나지 못했다. 습관 때문이었다.

이제 난 강아지가 아니라고 소리라도 치고 싶었다.

거울을 보니 창백한 얼굴이 늙어 보이기까지 했다. 눈 퀭, 코 맹, 귀 윙, 머리 띵. 몸은 꺼풀만 남은 것 같았다. 휘청거리며 일어섰다. 그리고 난 강아지 끈의 반경만큼 걷고 있었다.

어떤 상황에서도 얻는 것은 있을 것이다. 그는 살아온 날 중에 가장 성의 없고 가난한 식탁을 얻었다. 나는 물러터진 사포의 날을 원망했다. 그래도 그가 좋아하는 생선매운탕을 과감하게 삭제시킨 걸 절반의 승리라 자족했다.

'킬리만자로의 표범'이란 노랫말 중에 이런 구절이 있다.

'사랑이 외로운 건 운명을 걸기 때문이지, 모든 걸 거니까 외로운 거야.'

먹는 자체를 즐기지도 않으면서 밥에 모든 것을 거는 것 같은 남편에게서 언젠가는 외로워 보이는 날이 올까.

그렇게 보이는 날이 온다면 영원할 것만 같은 '뒤끝'을 자르고 내 마음에 측은지심이 안개꽃처럼 피어나 매운탕을 더 맛있게 끓일지도 모를 일이다.

제3장
어느 하루의 추락

갈매기 메들리

음주 갈매기

대부도 방아머리에서 덕적도로 갈 때였다. 배가 출발하자 환영하듯 갈매기가 떼 지어 뱃전으로 달려들었다. 고깃배도 아닌데 무슨 일일까.

권호문의 「한거십팔곡」 12곡 중에 '어데 잇는 물일흔 갈며기 나를 조차 오는다' 는 구절이 있다. 안분지족하고 물아일체가 된 작가의 깊은 시심에 감히 시비 걸자는 얘기가 아니라, 바다에 갈 때마다 갈매기를 보았지만 사람을 반겨서 쫓아오는 것을 보지 못했다. 고깃배에 탔다면 고기를 쫓아올 수도 있으니 사람을 따라오는 것처럼 보일 수도 있지만, 보통 갈매기라면 사람을 쫓아오진 않는다.

그게 아니면 무슨 일인가. 의문은 쉽게 풀렸다. 갈매기를 유인하기 위해 승객들이 과자를 주기 때문이었다. 조건반사. 승객은 과자를 주고 그 보답으로 갈매기는 볼거리를 제공하고 있었다. 떼로 몰려와 먼저 먹겠다고 달려들어 손에 쥔 새우과자를 낚아채 갔다. 재미 들린 승객들은 환호성을 지르며 너도 나도 과자를 던져 주었다.

단순 반복적인 흥밋거리는 그다지 오래가지 않는다. 사람들은 심드렁해지고 더 이상 과자가 보이지 않자 한두 마리가 무리에서 멀어지고 있었다.

그때 처음부터 갈매기와 사람들을 보고 있던 정장 차림의 남자가 일어서서 뱃전으로 갔다. 자기가 마시던 종이컵에 새우과자를 담그더니 갈매기에게 주고 있었다. 연거푸 빠르게 담그고 갈매기도 바쁘게 채갔다.

잠시 후 그 남자가 실성한 것처럼 키득거리며 웃었고, 사람들의 눈은 모두 갈매기를 향했다. 허공에서 휘청거리며 무리에서 떨어지지 않으려고 안간힘을 쓰는 갈매기 두세 마리. 갈매기가 술에 담근 과자를, 그러니까 30도 소주를 마신 것이었다.

음주 비행을 할 수밖에 없는 그들은 무리에서 자꾸만 멀어지고 가려던 방향에서 빗나가는 날갯짓이 처절했다. 그것도

볼거리였을까. 생존의 질서를 그토록 망가뜨리고도 신이
나는 인간. 심사가 편치 않았다.

갈매기를 이긴 걸까

다음 날이 쉬는 날이라고 들떠 있는 세 남자. 특별히 멋진
계획이라도 있는 것처럼 보였다. 공사 현장 소장, 철근 사
장, 나머지 한 사람은 두 사람이 알고 지내는 술친구. 어떤
주제인지 물어보지 않아도 '술친구'가 끼었다는 사실만으
로 알 것 같았다.

멋진 계획을 실천하는 데는 좋은 안주가 있어야 하는 것.
그들은 낙지를 잡아 한잔 하자고 의기투합하여 일요일 아침
일찍 서해 바다로 떠났다. 낙지 잡을 의상과 용구를 단단히
챙겨 들고.

금방 죽을상을 했다가도 술 얘기만 나오면 순간 밝아지는
주당들은 가슴이 부풀었다. 하지만 갯벌은 낙지를 쉽게 내
주지 않았다. 두 시간 정도 애쓰다가 포기할 즈음, 근육질의
철근 사장이 드넓은 갯벌을 향해 달리기 시작했다. 구릿빛
의 건장한 사나이가 바다를 향해 내달리는 관능적인 모습.
에로 영화의 한 장면 같았다.

바라보는 시선들은 그가 미친 듯 달려야만 하는 그 깊은 뜻

을 알 수 없었다. 맹목적이 아니라면 분명코 뭔가를 구하고자
함이었을 터.

정말 얼마 동안 달리다 돌아온 그의 손에는 커다란 낙지
가 한 마리 들려 있었다. 단지 달렸을 뿐인데 낙지가 생기다
니….

사연인즉 낙지를 잡지 못하자 갈매기가 잡은 낙지를 빼앗
아 온 것이었다. 잡는 순간을 포착해서 겁을 주며 쫓아가자
놀란 갈매기가 미처 챙기지 못한 낙지라고 했다.

중국 가마우지도 아닌 갈매기는 얼마나 황당했을까.

그러나 제 것을 빼앗기고 가만히 있을 갈매기가 아니었다.

"꽈아오! 꽈아오!"

'내 낙지 내놓으라'고 악을 쓰며 일정 거리를 두고 뒤쫓
아 다녔다. 그들이 갯벌에서 나온 뒤에야 포기했지만 얼마
나 억울했으면 무려 두 시간 이상 떠나지 않았을까.

어렵사리 구한 먹이를 빼앗긴 갈매기와의 투쟁은 인간의
승리로 끝난 것처럼 보였지만, 철근 사장은 다시는 그때 일
을 언급하지 않으려 했다. 두 시간 시달린 것도 그렇지만 상
대가 갈매기였다는 사실이 창피했을까.

갈매기 바다 위에 날지 말아요

어느 해변의 노래자랑 대회. 심사하는 분 중에 아는 사람이 있었다. 가깝게 지내는 순영 씨가 어떤 아가씨를 추천하면서 심사위원에게 말해 꼭 입상하게 해 달라고 부탁했다. 만약 실력이 평균 이하라면 말하고 본전도 못 찾을 뿐더러 서로 미안한 일이 될 것 같아 말을 돌렸다. 상품이나 좋다면 모를까 굳이 그럴 필요가 있겠냐고 했지만 막무가내였다.

별것도 아닌 일에 거절하는 것도 미안해서 일단 그녀를 보자고 했다. 잠시 후 내 앞에 나타난 그녀를 보곤 표정 관리가 되지 않았다. 한마디로 무대에 설 비주얼이 아니었다. 무슨 자신감일까. 아무리 뚝배기보다 장맛이라지만 '장맛'을 기대할 수 없을 것만 같았다. 실망한 내 표정을 읽고도 남음이 있는 순영 씨는 나중에 듣고 놀라지나 말라며 외양 때문에 억울한 심사를 받을까 봐 부탁한다는 것이었다.

왠지 부탁하고 싶지 않았다. 그래도 혹시 몰라서 곡명이 뭐냐고 물었다. 이미지하고 전혀 다른 노래를 부른다거나 나이 드신 분이 젊은 가수의 노래를 부를 때처럼 반전을 기대하면서.

'해조곡'이라 했다. 못 들어본 곡명이었다. 처음 시작하는 가사가 뭐냐고 물었다.

'갈매기 바다 위에 날지 말아요. 연분홍 저고리에 눈물 젖는데….'

전혀 들어보지 못한 노래는 아니었지만 얼토당토않은 가사에 짜증이 올라왔다. 노래 가사임을 감안하더라도 갈매기에게 바다 위에 날지 말라면 도대체 말이 되는가. 갈매기더러 굶어 죽으란 말인가. 이해할 수 없는 가사들이 그뿐만은 아니지만 최악이다 싶었다.

하지만 무대에 한번 서보겠다는 간절한 눈빛을 피할 수가 없어서 심사하는 분에게 두세 번 당부했다. 꼴찌라도 좋으니 제발 떨어뜨리지만 말아 달라고. 여러 가지 상황으로 봐서 떨어지면 실망해서 큰일을 저지를 것만 같다고. 나중에 술 사겠다고 협박과 회유를 늘어놓았다. 웬만하면 들어줄 양이었다.

마지막에서 두 번째, 그녀가 무대에 올랐다. 육중한 체중 때문인지 느릿느릿 무대로 걸어나가는 폼이 답답해 보였다. 망신을 떨면 어쩌나 피하고 싶었다.

그런데 반주가 시작되고 노래 도입부부터 내 몸에 소름이 돋기 시작했다. 무심한 듯 부르는 해조곡이 그렇게 아름다운 곡이었는지…. 그녀로 인해 다시 태어나고 윤색되고 있었다. 하얀 갈매기 한 무리가 무대를 맴돌며 나는 것 같았다

면 지나친 과장일까. 거구의 몸매를 감싼 얇은 시폰 블라우
스마저도 선율을 타고 곱게 휘날리는 것 같았다.

그렇게 감명을 받고도 '갈매기 바다 위에 날지 말아요'라
는 가사는 걸렸다. 그러면서도 묘한 중독성이 있어 가끔 나
도 '날지 말아요'라고 흥얼거렸다. 그런데 원곡을 들어보
니 '울지 말아요'였다. 내가 그녀로 인해 오랫동안 잘못 알
았던 가사였다. 이래도 저래도 갈매기는 울어야 하고 바다
위에 있어야 하는 것 아닌가.

이십 년이 지난 지금도 나는 갈매기를 보면 그녀가 생각
나고, 겉모습만 보고 판단했던 당시의 내 눈빛과 표정과 선
입견을 반성하는 바다.

가지의 변신

지난해 집터를 샀다. 계약서에 쉽게 도장을 찍을 수 있었던 것은 공짜로 사용할 수 있는 시유지가 붙어 있어서였다. 10여 평. 기다란 지형이 마음에 들지 않았지만 잘 가꾸면 텃밭으로 좋을 것 같았다. 땅을 일구고 고랑을 만드니 미니어처 같은 작고 귀여운 밭이 되었다.

큰길 건너 시장에서 파, 고추, 토마토 모종을 샀다. 꼭지가 초록색인 가지 모종도 어렵사리 구했다.

물컹한 식감이 싫어서 그다지 좋아하지 않던 가지. 그런데도 나는 가지 모종을 일곱 개나 심었다. 얼마 전 마켓 진열대에서 본 가지가 너무 예뻐서였다. 만들어 붙인 듯 도톰한 초록색 꼭지가 앙증스러웠다. 우아하면서도 화려한 진보랏

빛에 초록 꼭지는 여태껏 본 보라색 꼭지와는 확연히 달랐다.

보라색과 초록색의 대비뿐 아니라 끝부분에서 살짝 휘어진 곡선이 귀여웠다. 가벼워서 더 평가받는 것은 무엇이 있을까. 채소 중엔 가지뿐일 것이다. 깐깐한 껍질 안의 가벼운 속살, 꼭지를 열고 바람을 불어 넣으면 풍선처럼 마켓의 천장 위로 날아다닐 것만 같았다. 통통한 가지가 화려한 조명을 받고 날아다니는 상상을 했다. 나는 먹겠다는 원초적 본능보다 감상하고 싶다는 심미주의자가 되어 가지를 샀다. 장식품이나 액세서리를 사듯.

가지는 그럭저럭 꽃을 피우고 열매를 맺었다. 몇 개 따서 먹었지만 날마다 피어나는 꽃이 어김없이 열매가 되자, 감당하기 어려울 만큼 소출이 넘쳐났다. 그렇다고 길 건너 상설 시장에 내다 팔기에는 자격이 안 됐다. 경작지가 얼마 이상이 되어야 팔 수 있는 권한이 주어진다는데, 내 땅도 아닌 시유지 10평이란 것도 그렇고 값으로 따지자면 생산 원가는 빼고라도 언제 팔릴지 모르는 판매 시간까지 계산하면 말이 안 되는 경제논리였다.

채소 중에서도 값이 헐한 가지. 장사하는 사람에게 거저 준다 해도 유기농 가지의 몰골은 상품 가치가 없었다. 지인들에게 주고 싶어도 좋아할지 알 수 없었다.

수확 때를 놓친 가지는 날이 갈수록 볼품이 없어졌다. 꼭지의 생생한 초록색도 퇴색했다. 내가 나이 들면서 윤곽과 피부가 부스스해지듯. 버리기는 아깝고 줄 사람은 없고. 날이 갈수록 천덕꾸러기가 되어 가는 가지에게 이유 없이 변심한 애인이 돼 버린 것 같았다.

내 고향에선 '봉통그러진 가지 같다' 는 말이 있다. 내가 키운 가지처럼 제대로 크지 않고 오그라진 것에 대한 비유다. 어릴 적 또래보다 머리통 하나만큼 키가 작은 친구가 있었다. 사람들은 그 아이를 '봉통그러진 가지' 라고 놀렸다. 얼굴에 버짐이 끊일 날이 없었던 그 친구가 제대로 먹지 못해 크지 않아서 붙여진 별명이란 걸 나중에 알았다.

그런데 몇십 년 뒤, 그 친구가 예전의 이미지를 완전히 벗어 버리고 우리 앞에 나타났다. 보석으로 장식하고 윤기가 흐르는 블랙그라마 밍크코트를 야무지게 여며 입고서.

결혼을 잘 했다는 말을 듣기는 했지만 모두 놀랄 수밖에 없었다. 가난했던 그녀가 입은 값비싼 밍크코트 때문만은 아니었다. 귀부인으로 변신한 그녀의 지난 시절이 감쪽같이 사라진 때문이었다. 그녀는 높이 날고 있었다.

얼마 전 대접 받은 가지 요리가 생각났다. 지인으로부터 저녁 초대를 받았을 때였다. 유기농 야채를 고집하는 식당이라고 소개하면서 특별한 요리 하나를 더 주문하겠다고 했다. 가지 요리였다. 그 가격이면 다른 걸 먹는 것이 낫지 않을까, 나는 속으로 마뜩잖았다.

방송에서 셰프가 가지를 구워 치즈를 얹고, 삼겹살에 버섯 대신 가지를 곁들여 먹어도 좋다는 말을 듣기는 했지만, 요리로 격상한 가지를 그다지 기대하지 않았다.

잠시 후 타원형 하얀 접시에 가지 '한 마리'가 꼭지의 가시 돌기까지 온전한 모습으로 등장했다. 활짝 펼친 지느러미가 살아 있는 것보다 더 역동적으로 보이는 일품 생선 요리처럼. 반지르르한 윤기에 빨강과 노란색 파프리카로 에워싼 치장은 호화스런 호박과 루비 같았다. 내가 키운 유기농 가지도 저렇게 변신할 수 있는 것을 하찮게 생각하고 냉대했는가 싶었다.

쉽게 젓가락이 가지 않았다. 구부러진 가지의 화려한 변신은 푹 쪄서 무친 소박한 가지나물에 비할 바가 아니었다. 게다가 맛도 좋았다. 물컹한 식감이 오히려 고소하고 짭조름한 소스와 어우러진 일품요리였다.

그날 집으로 돌아오면서 많은 생각이 머릿속을 지나갔다. 맛없는 가지도 어떤 사람을 만나느냐에 따라 특별 요리로 변신하듯, 못생겼다고 조롱받던 한 여인도 어떤 남자를 만나느냐에 따라 전혀 딴사람이 된다는 사실이었다. '무엇이냐' 보다 '무엇과 만나느냐'에 따라 상황이 달라진다는 것이었 다. 그렇듯 나는 누구에 의해서 달라져 본 적이 있을까. 아 니, 누군가를 달라지게 할 수 있을까.

냉면은 내가 쏩니다

냉면을 좋아하는 나는 여름엔 말할 나위 없고 겨울에도 외식의 주 메뉴는 냉면이다. 평양냉면과 함흥냉면. 냉면은 육수 맛의 비중이 크긴 하지만 면발의 식감도 그에 못지않다. 전분과 메밀의 질기고 무른 차이는 비교되지 않을 만큼 다르다. 나는 두 가지 다 좋아한다.

많은 사람들이 좋아하는 쫄깃한 식감 때문인지 함흥냉면집이 훨씬 많다. 내가 함흥냉면을 자주 먹게 되는 이유는 평양냉면을 찾기 힘들어서다.

함흥냉면은 늘여 당기다가 끊어 먹어야 할 만큼 질기다. 면발을 가위로 자르면 제 맛이 나지 않는다고는 하지만 취향 나름이니 꼭 그렇다고 할 순 없다. 나는 가위로 싹뚝 자른다.

기분에 따라 가위질 횟수가 달라지는데, 그땐 복잡하게 얽힌 세상사를 풀어 버린 것처럼 편안해진다. 굳이 어렵게 매듭을 풀 필요는 없다. 자르면 간단해지는 것을….

절반으로 나누어지는 간단한 선택에도 쓸데없이 절박할 때가 있다. 짜장면과 짬뽕 사이에서 갈등하고 후회하듯. 물과 비빔의 선택에서도 늘 결과물이 나온 뒤에야 한쪽을 포기한다. 그 포기는 다음 번 다른 선택에 대한 기대가 되기도 한다. 나는 6대 4 정도로 비빔냉면을 택한다. 비빔밥, 볶음밥, 비빔국수를 먹지 않는 내가 유일하게 비비는 거라곤 냉면뿐이다. 열 번 중에서 여섯 번이 비빔이면 나로선 후한 선택이다.

진짜 평양냉면이라면 다 먹기 전에 면이 불어 뚝뚝 끊어질 정도여야 메밀 본연의 풍미를 느낄 수 있다. 메밀 함량이 관건이다. 하지만 그런 면은 드물다.

마포에 제대로 하는 평양냉면집이 있지만 멀어서 별러야 갈 수 있다. 육수 맛이 자극적이지 않으면서 심심한 듯 상큼하며 구수한 메밀향이 어우러져 내가 좋아하는 맛이다. 드물게 먹게 되니 더 맛있는지도 모르겠다. 같이 간 사람은 밍밍해서 '니 맛도 내 맛'도 아니라고 투덜댄다. 육수 맛이 강하지 않아서, 면의 식감이 쫄깃하지 않아서 아무 맛도 아니라는 혹평을 한다면 집에 돌아가서 다시 음미해 보라고 권하고 싶다. '니 맛도 내 맛도 아닌 맛'이 은근히 중독성이 있어 며칠 후 또 생각날지도 모르니까.

음식을 먹을 때는 누구하고 먹느냐도 음식 맛만큼이나 중요하다. 까다로운 식성을 가진 친구와 냉면을 먹으러 갔다가 난 슬그머니 친구보다 냉면에 손을 들었다. 친구는 설탕에 고춧가루 뒤범벅인 비빔냉면도 싫고, 육수가 조미료 국물이어서 물냉면도 싫다 했다. 친구 말이 억지 같았지만 식성이 다른데 어쩌랴 싶어서 군말없이 한 그릇만 주문할 수밖에 없었다.

내가 좋아하는 냉면집은 맛은 있는데 양이 박하다. 그래서 사리까지 먹어야 딱 내 정량인데 많이 아쉬웠다. 둘이 가서 두 그릇을 시켜야 사리도 추가할 수 있다. 두 사람이 한 그릇을 시키면서 사리를 추가한다는 건 장사 약 올리는 것이지 이치에 맞지 않다. 그렇다고 아무리 좋아하기로 두 그릇을 나란히 놓고 먹을 자신은 없었다. 그런데 안 먹을 것처럼 굴던 친구가 젓가락을 들고 내 냉면 그릇을 침범해서는 한두 번만 먹을 것처럼 시작하다 끝까지 내려놓지 않았다. 나는 양에 차지 않는 냉면 앞에서 씁쓸하다 못해 쓸쓸했다.

내겐 냉면에 대한 향수가 있다. 어렸을 땐 밭은 없고 논만 있는 시골에 살았다. 엄마가 서울 갔다 오실 땐 우리가 먹어보지 못한 것을 사오셨는데, 어느 날 가져온 것이 냉면이라는 것이었다. 그 시절엔 어렵게 구하셨을 테지만 마른 냉면을 처음 본 나는 녹슨 철사를 뭉쳐 놓은 것처럼 뻣뻣한 것이 보기 싫어 도저히 먹는 것으로 보이지 않았다. 실망스러워서 아무 말 없이 벽을 향해 누워 있다가 잠이 들었다.

엄마가 나를 깨워 냉면 한 젓가락을 입에 넣어 주셨다.

'세상에 이런 맛이 있을까!'

칼국수나 잔치국수하고는 비교할 수 없는 맛이었다. 처음 느껴보는 맛의 신세계. 초등학교에 들어가기 전이었는데 지금 생각해 보면 내가 그런 맛을 느낄 수 있었다는 것도 신기하다. 커서도 그때 그 맛이 그리워 냉면집을 하고 싶은 적도 있었다.

가끔 본고장인 평양의 냉면 맛이 궁금하다. 어렸을 때 처음 경험했던 냉면 맛이 그 맛이 아닐까. 나는 성지를 찾는 순례자처럼 정통 냉면 맛을 찾아가고 싶다. 어느 자리에서 순전히 내 상상대로 2019년에는 평양으로 냉면 먹으러 갈 수 있을 것 같다는 말을 했다가 이상한 사람이 될 뻔했다. 근거 없는 이야기였지만 더 빨라도 나쁠 이유는 없을 것이다.

우리의 소원은 통일. 통일이 되면 나로선 첫 번째 할 일이

냉면 먹으러 가는 것이다. 통일이라는 엄청난 역사적 사실 앞에서 겨우 그 일이 먼저냐고 힐난한다면 대꾸가 궁색할진 몰라도, 냉면 먹으러 평양과 함흥을 자주 갈 수 있겠다는 생각만 해도 즐거운 일이다.

평양과 함흥에서 자유롭게 냉면을 만날 수 있는 날이 오면 냉면 때문에 소원해진 친구와 내가 사랑하는 사람들을 큰 버스에 가득 태우고 북쪽으로 달리고 싶다. "냉면은 내가 쏩니다" 하고 외치며.

담배, 끝나지 않은 유혹

꽃 한 송이 보이지 않던 상트페테르부르크에 비해 모스크바 거리는 활기찼다. 카페 테라스에 빨간 피튜니아도 보이고 거리엔 바비 인형 같은 젊은 여자들이 패션 잡지에서 튀어나온 것처럼 활보하고 있었다.

나는 그들에게서 눈을 뗄 수가 없었다. 냉전 시대 첩보영화 여주인공 같은 매력적인 마스크와 SF영화 주인공 같은 뇌쇄적인 각선미를 공원 벤치에 앉아 넋을 놓고 바라보고 있었다.

일행 중 가까워진 한 여인이 나를 위로하듯 말을 건넸다. 러시아 여자가 젊을 땐 예쁘지만 우리 나이가 되면 퍼져서 봐줄 수 없다며 나를 끌어당겼다. 공원 깊은 곳으로.

그녀는 음모라도 꾸밀 눈빛이었다. 너무 오래 참았다는 듯 담배를 피워 물면서 내게 권했다.

그럴 때 난 자연스럽게 라이터를 켜고 마타하리의 섹시한 포즈를 연상하며 눈을 지그시 감고 연기를 깊게 빨아들인다.

'모스크바! 내 어이 담배를 안 피울 수 있나.'

능청스럽게 한마디 날리면서 말이다.

멀리 날아온 해방과 자유라는 기념으로 그러고 싶었지만 상상일 뿐 그러지 못했다. 단지 그녀의 흡연 모습이 범죄 현장이라도 되는 양 치마라도 펼쳐 가려줄 것처럼 망을 보았다.

전에도 가끔 내게 담배를 권하는 사람이 있었다. 내가 흡연할 것 같은 분위기였을까. 그다지 기분 나쁘진 않았다. 후배로부터 오랜 시간 간접흡연을 당했기 때문에 익숙해져서인지도 모르겠다.

복잡하고 풀기 힘든 문제는 카운슬러도 필요 없고 시간과 담배가 최고라며 하루에 두 갑 이상 피워 대던 후배. 도톰한 입술에 유난히 피부가 탱탱해서 무슨 행동을 해도 밝고 건강해 보이던 그녀는 결혼 문제로 몹시 힘들어하면서 골초가 됐다. 담배에 찌들어가는 모습일망정 내게는 고혹적으로 보였다.

나는 담배가 그녀에게 치유의 수단이 되었으면 좋겠다고

생각했다. 어쩌면 걸림돌이었을 지난 시간을 들어올려 밀어내고 그녀는 다른 선택을 했다. 담배가 지렛대가 됐을 거라고 생각했다.

나는 그 후배에게 간접흡연만 당했을 뿐 단 한 개비도 피워 보지 못했다. 멋있어 보이는 후배 곁에서 흡연의 유혹을 외면하는 것이 쉽지는 않았다. 담배 피우는 그녀의 멋진 비주얼만 생각한다면 그럴 수도 있었을 것이다. 그렇다고 내가 대단히 바른 생활이고 건강을 염려했던 것은 아닌데 막연히 그래선 안 된다는 생각이었다.

아이를 낳고 원인 모를 복통 때문에 응급실에 자주 갔었다. 통금이 있던 시절이라 웬만하면 참고 싶었지만 그럴 수 없었다. 견디기 힘든 통증이었다. 주사를 맞고 나면 입인지 코인지 모를 곳에서 화한 기운이 느껴지며 통증이 싹 가시고 날아갈 것만 같았다. 여러 번 맞게 되면서 갈수록 진통의 시간이 짧아지고 나중엔 듣지 않았다. 산후 우울증이었을까.

엄마는 옛날 여인들도 화병엔 담배를 피워 스트레스를 풀었다는 얘기를 해 주시던 끝에 내게 차라리 담배라도 피워 보라고 하셨다. 고통을 이기는 방법이 될 수 있다고 생각했을 것이다. 나도 그러고 싶었다. 그런데도 마음과 달리 엄마에게 화를 냈다.

담배든 홀로여행이든 시도조차 못했던 나를 생각하면 스스로 가두었다는 생각이 들 때가 있다. 흡연이라는 별것도 아닌 선을 넘을 수 있었다면 어떤 선택에서도 너그럽지 않았을까. 그것으로 힘든 현실을 좀 쉽게 풀어 나갈 수 있지 않았을까 하는 아쉬움. 지금도 나를 사려야만 하는 이유를 알아내지 못하고 용기 부족에 대한 변명처럼 흡연을 말하는 것인지도 모르겠다.

모스크바 공원 귀퉁이에서 담배가 고팠던 여인은 정신없이 몇 모금을 피우고 허기를 채웠는지 천천히 흡연을 즐기고 있었다. 평안해 보였다.

가을이 깊어지면, 눈을 깊게 감고 구속을 버린 천의무봉의 긴 자락을 몸에 두르고 담배를 피우고 싶다. 가끔 그렇게 도발하고 싶을 때가 있다.

견짜리와 변복실

견짜리와 변복실. 내가 키우던 성씨 있는 강아지들 이름이다. 다른 개들보다 격을 높여 주고 싶어서 녀석들 이름에 성씨를 붙여 주었다.

견짜리부터 설명하자면 성씨로 개견 자의 견을 선택했다. 수놈 발발이의 일종인데 머리는 크고 다리가 워낙 짧아서 이름을 '짜리몽땅'이라 했다가 부르기 쉽게 '짜리'라고 지었다. 그래서 '견짜리'라는 이름이 탄생했다.

변복실. 확실히 알 수는 없으나 변종인 듯싶어서 성을 변씨로 했다. 암놈이어서 여자 이름으로. 행여 주위에 복실이라는 이름을 가진 사람이 있다면 실례가 아닐까 해서 망설였지만 다행히 그런 이름은 없었다.

단독주택을 지어 이사하고 지인으로부터 견짜리를 분양
받아 왔다. 변복실은 가까운 오일장에서 입양해 왔다. 똑 부
러지게 영리한 데다가 얼굴도 잘생긴 견짜리의 여친이 되려
면 상대적으로 성격도 생김새도 좀 수더분하고 착해야 된다
고 생각했다. 복실이는 좀 맹해 보이고 예쁘지도 않지만 선
한 눈망울과 토속적인 모습이 내 마음에 들었다. 그 녀석이
우리 집에 온 날 가족들은 내 취향이 독특하다며 놀려댔다.

복실이가 온 다음 날, 사이좋게 지내라는 염원을 담아 두
개의 드럼통을 옆으로 나란히 뉘여 위에 흙을 쌓아 집을 만
들어 주었다. 지붕에 코스모스도 심었다. 그러나 내 생각과
는 달리 턱없이 부족한 변복실은 늘 견짜리의 놀림감이 되
어 당하기만 했다. 성견이 되어 가는데도 음양의 조화는 기
대하기 어려울 것 같았다.

따로 밥을 주어도 누가 지켜 주지 않으면 복실이는 짜리
에게 밥을 빼앗겨 굶어야 했다. 그렇게 못되게 구는 짜리였
지만 가족 중에 누구라도 외출하려고 차 문을 열면 먼저 뛰
어들어가 의자 밑에 머리를 박고 잡아당겨도 꿈쩍하지 않았
다. 끌어내려 해도 막무가내였다. 그럴 때마다 한바탕 소동
을 벌였지만 떼 부리는 게 밉지 않다. 슈퍼마켓에 가면
안으로 따라 들어가는 바람에 주인 눈치가 보여도 재빠른

동작을 당할 수가 없었다. 나중에는 주인은 물론 주위 사람들까지 말을 못해서 그렇지 사람보다 더 붙임성 있고 똑똑하다고 예뻐하기도 했다.

짜리는 목줄을 매면 발작을 일으킬 정도여서 맬 수가 없고, 복실이는 풀어 놓으면 길을 잃어버릴까 봐 묶어 놓을 수밖에 없었다. 장대비가 억수로 쏟아지는 날, 집에 와 보니 짜리가 제 집은 비워 두고 일부러 복실이 집에 앉아 못 들어오게 틀어막고 있었다. 복실이는 비를 얼마나 맞았는지 눈물 없이는 볼 수 없을 만큼 처참한 몰골에 거의 실신 상태였다. 목줄에 매어 있으니 비도, 짜리도 피할 수 없었던 것이다.

짜리를 쫓아내고 제 집에 밀어 넣는데도 눈치를 보느라 선뜻 들어가지 못하는 복실이. 따뜻한 우유를 주었는데 기진해서 먹지 못했다. 모자란 것인지 착한 것인지, '불쌍한 것'이라는 한숨이 섞여 나왔다.

평소에도 복실이를 향한 짜리의 만행은 끊임없었다. 우리가 현장을 볼 때마다 지적하고 닦달을 해대니 우리 눈이 미치지 않을 때 더 구박했다. 말 안 듣고 사고를 쳐서 꾸중을 들은 형이 엄마 아빠가 없을 때 동생을 더 괴롭히고 삐딱하게 나가기도 하는 것처럼.

모자란 복실이지만 성견이 되고 나서는 옆집의 호프라는

수캐한테 연정이 생긴 모양이었다. 목줄을 풀어 주면 여지없이 호프한테 갔다. 복실이는 약간 절름거리는 걸음으로 흘끔거리며 호프 주위를 맴돌았다. 호프는 복실이를 쳐다보지도 않았다. 호프는 덩치도 크고 얼굴도 잘생긴데다 거만하기까지 했다. 게다가 안타까운 것은 우리 복실이를 여자 취급을 하지 않는 것이었다. 관심 없다는 데야 어쩔 수 없지만 못생긴 딸을 둔 엄마의 심정으로 복실이가 안쓰러웠다. 호프 주인은 낄낄거리며 주제를 알라는 표정이었다.

예쁘지도 않은 복실이가 모기까지 쏘여 얼굴이 선인장처럼 울퉁불퉁했다. 형편없이 변해 버린 복실이를 보고 지나가던 아저씨가 희귀한 개라면서 종자가 뭐냐고 물었다. 급기야 곪기까지 했다. 내가 직접 마스크와 수술용 장갑을 끼고 마취도 없이 메스로 종기 부분을 째고 농을 짜냈다. 생살을 쨌으니 얼마나 아팠을까. 그런데도 도망을 안 가는지 못 가는 건지 얼굴을 대주고 있는 복실이. 그저 끙 소리를 낼 뿐이었다.

마치 복실이의 수술 장면을 즐기기나 하듯 짜리 녀석은 주위를 맴돌았다. 쫓아 버리면 다시 와서 빈정거리듯 꼬리를 살랑거렸다. 피하지 못하고 고통을 당하는 복실이가 바보 같아 우습게 보이는가 싶었다. 사람 중에도 저보다 못한 사람은 무시하는데, 개의 세계도 그런 걸까.

문득, 아니 실은 복실이가 모자라다고 느꼈을 때부터 생각나는 아이가 있었다. 내가 초등학교 때, 이웃 동네에 살던 '멋대'라는 여자아이. 버벅거리는 것은 말뿐만 아니었다. 손도 발도 정상적으로 움직이지 않고 멋대로여서 별명이 그랬던 것 같다. 누구를 만나도 함박웃음을 지었다. 애들은 바보라고 놀리고 심지어 때리기도 했다. 그 애는 늘 웃지 않으면 울고 있었다. 그렇게 스무 해를 살지 못하고 갔다. 배냇병신이라고 놀림받던 모습이 자꾸만 걸렸다. 나는 어쩌면 멋대가 놀림을 당할 때 아무것도 해 주지 못한 게 남아서 복실이에게 마음이 가는 걸까.

견짜리와 변복실, 달라도 너무 다른 두 녀석. 그런데 영악한 견짜리와 모자란 변복실 두 마리 중에 하나만 선택하라 한다면 나는 어느 쪽으로도 기울 수가 없다. 사람들 중에도 견짜리 같은 사람, 변복실 같은 사람이 있다. 그런 사람들 사이에 있을 때도 내 자리는 언제나 가운데쯤. 영악한 사람을 멀리할 수도, 모자란 사람을 더 챙기지도 못하는 나는 다른 사람 눈에는 어느 쪽일까.

나도 멤버십에 가입하고 싶다

시내를 벗어나 변두리 한적한 이차선 도로를 따라갔다. 아직 논이 많아서 시골 같은 풍경이었다. 추수가 끝난 들판엔 드문드문 작은 공장이 보였다. 식당이 있을 것 같지 않은 곳에 공장에서 일하는 사람을 상대하는 함바집이 있었다. 나처럼 일반인도 가는 식당이었다. 길눈이 어두운 나는 다시 찾아가기 쉽지 않아 보였다. 고개를 숙여야만 들어갈 수 있을 것 같은 낮은 집. 두세 번 밀어야 그나마 반쯤 열리는 미닫이문.

아주머니는 어서 오라는 말도, 앉으라는 말도, 주문하라는 말도 없었다. 우린 오면 안 되는 손님처럼 괜히 민망해서 의자 끝에 걸터앉았다. 근방 공장에서 일하는 남자 손님이 여러 명 있었다. 가족 같은 분위기였다.

그들과 얘기 중이었을까, 아니면 우리에게 하는 말이었을까.

"나는 잘생기고 정력 좋은 남자한테만 밥 팔아!"

아주머니의 말이 어느 수준의 농담인지 언뜻 분간이 가지 않았다. 힘세고 능력 있는 남자를 좋아한다는 말인지…. 아주머니의 밥을 먹는 남자들은 다 능력이 있다는 말처럼 들렸다. 까칠해 보이는 아주머니는 손님에 대한 말 대접을 그렇게 하고 있었다. 육십을 갓 넘었을까. 내가 생각하는 밥 파는 아주머니의 수더분한 인상은 아니었다.

식사를 주문했지만 듣는 둥 마는 둥 알겠다는 눈짓도 보내지 않았다. 어쩌다 와서 밥 팔아 주는 건 별로 반갑지도 않고, 이미 쟁쟁한 단골이 많으니 와도 그만 안 와도 그만이라는 투였다. 남자 손님이 많아서 상대적으로 거칠어졌을까. 못된 손님이면 버릇이라도 고쳐 줄 것처럼 말투도 표정도 투박했다. 우리는 아주머니의 기에 눌려 처분만 바라는 입장이 되고 말았고, 단골손님들은 이미 길들여진 눈치였다.

"내가 이 자리에서 22년 밥을 팔았는데 하루도 문을 닫은 적 없어. 이유는 잘생긴 남자들이 굶는 건 못 보기 때문이야."

그런데 밥 먹는 남자들이 잘생긴 것 같지는 않았다. 인상과는 달리 아주머니가 단골에게 하는 후한 립 서비스임에 분명했다.

메뉴는 한 가지. 그래 봐야 오천 원짜리 밥이지만 워낙 대찬 말투의 마력에 밀려 못 먹고 가면 후회할 것만 같았다. 아주머니의 넘치는 자신감으로 보아 지금껏 먹어 보지 못한 특별한 맛이 있을 듯해서 더 구미가 당겼다.

압력솥에서 힘차게 내뿜는 김은 낮은 천장을 뚫고 나갈 기세였다. 누런 들통에선 된장국이 끓어 환기구가 없는 주방은 안개에 싸인 듯했다. 반찬통들은 아슬아슬하게 겨우 한자리씩 차지하고 있었다. 좁고 위생적이지 않을 것 같은 주방. 아주머니는 22년 쌓인 내공으로 두 평 정도 되는 주방을 무대로 한 편의 모노드라마를 연출하고 있었다. 음식하랴 손님과 대화하랴, 대단한 입담과 체력이었다. 강한 여인이란 생각을 아니 할 수 없었다.

22년 동안 한 번도 쉬지 않았다는 말은 과장인 듯싶지만 누구도 다시 물어보지 않았다. 오직 놀랍다는 반주를 넣을 뿐이었다.

옆자리 사십 대 중반쯤 되는 여자 손님이 한마디 했다. 손님이 많으니 넓고 깨끗한 곳으로 옮기면 어떻겠냐고. 눈치 없는 질문 같았다. 분명 한방 맞을 거라는 생각을 하며 곁눈

질로 주인의 눈치를 살폈다. 역시 가차 없이 맞받아쳤다. 지저분하고 더럽게 느껴지면 가라는 대꾸였다. 나는 속으로 여자 손님이 좀 세게 한마디 했으면 재미있겠다 싶었다. 잔뜩 기대를 걸었는데 여자 손님도 아주머니 기세에 눌려 별 대꾸도 못하고 꼬리를 내리고 말았다.

그래도 성이 안 찼는지 밥 푸던 주걱을 들고 손님들을 향해 한마디 더 했다.

"우리 집은 멤버십 식당여. 강남에만 멤버십이 있는 게 아녀."

드디어 밥이 나왔다. 차져 보이는 잡곡밥에 신선하고 맛있는 배추포기김치, 연하고 사각거리는 총각무김치, 직접 말렸다는 무말랭이무침, 구수한 새우젓 호박볶음, 고추장 멸치볶음, 파릇한 부추잡채, 달짝지근한 시금치나물, 통통한 콩나물무침, 고소한 참기름 향이 나는 도토리묵무침, 노랗게 튀긴 이면수에 홍합 넣은 된장국, 그리고 구수한 누룽지까지.

근방 밭에서 바로 가져온 채소라 신선해서 달고 맛있었다. 어느 것도 거슬리지 않는 친숙한 맛. 큰소리 칠 만큼 가격 대비 훌륭한 밥상이었다.

먹는 동안 행복했다. 그런데 정녕코 정력 좋은 남자들을 위해서 장사하는 건 아닐 테고 남기나 하는지 물었다.

"이렇게 퍼주고 남긴 뭐가 남아? 하나도 안 남아."

너무 강하게 부정을 하니 또 대단히 긍정으로 들려서 '안 남는데 왜 하시남유?' 묻고 싶었지만 아까 여자 손님이 당하는 것을 보고 나니 참는 게 현명할 것 같았다.

맛있게 먹고 나니 뭔가 답례를 해야 할 것 같은 생각이 들었다. 손님을 데리고 오겠다 했다. 그러나 그녀의 대답은 예상대로였다. 고맙지 않다는 것이었다. 이상하게 기분이 나쁘진 않았다. 세상에 말만 번지르르하고 실속 없는 사람들이 얼마나 많은가. 거기에 비한다면 그녀는 말 대신 실속을 팔았다.

잘 먹었노라고 인사하고 나오려 하자 아주머니는 턱으로 커피 머신을 가리켰다. 그제야 손님으로 대접받는 느낌이어서 얼른 커피를 짜냈다. 시골 밥상에 어울리는 달달한 커피 맛이었다. 싸고 맛있는 집. 다시 안 갈 이유가 없을 것 같았다. 아예 멤버십에 가입해 버리고 싶었다.

어느 하루의 추락

시댁 조카 결혼식 날이었다. 정든 조카딸이어서 꽤나 비싼 한복을 빌리고 아침 일찍 서둘러 미용실에 갔다. 의상에 맞게 올림머리를 하려니 머리가 짧아서 부분 가발을 해야 한다고 했다. 가발을 붙이면 촌스러울까 봐 걱정했지만 다행히 다른 손님들도 우아하다고 했다. 뒷모습을 비춰 보니 더 멋있어 보였다. 가발 하나로 이렇게 달라질 수 있다니. 신분까지 상승된 것만 같았다.

한복에 어울리는 전문가의 메이크업 또한 맘에 들었다. 의상은 더 맘에 들었다. 진한 쪽빛 치마에 파스텔 톤의 쪽빛 저고리. 문양도 자수도 없어 화려하진 않지만 한복에선 흔하지 않은 절제된 매치였다. 세련된 분위기에 자주 고름은 전통의상의 정점을 찍어 주는 듯했다. 내가 또 한복이 잘 어울리는 여자지, 그렇게 생각하니 착각이든 자아도취든 기분이 좋은 것만은 틀림없는 사실이었다.

여유 있게 30분 전에 식장에 도착해서 한복으로 갈아입으려고 피팅룸을 찾았다. 그런데 이상하게도 축하객이 한 명도 보이지 않았다. '너무 일찍 왔나?' 하는 순간 깡마르고 인상이 날카로운 남자가 나와서 어찌 왔냐고 물었다.

'어찌 오긴. 예식장에 온 이유가 뭐겠어?'

속으로 생각했다.

이해가 안 가는 질문이기도 하고 인상도 좋지 않아 퉁명스럽게 대꾸했다.

"예식에 온 거지요."

남자는 자기가 예식장 지배인인데 오늘은 예식이 한 건도 없다는 것이었다. 아무리 따져 물어도 예식은 다음 날, 그러니까 21일 토요일 오후 2시였다. 웃을 수도, 그렇다고 태연한 척은 더 어려웠다. 벌겋게 달궈진 프라이팬을 얼굴에 들이댄 것처럼 확 달아올랐다. 창피를 동반한 화가 치밀어 오르기 시작했고, 들고 있던 한복 상자를 팽개치고 싶었다.

그나마 한복을 떨쳐입기 전이라는 사실에 위안을 삼고 돌아올 수밖에 없었다. 만약 남편이 나에게 한마디라도 했다면 차에서 뛰어내렸을 것이다. 다행히 내 표정이 험악해서 인지 아무 말도 하지 않았다.

오전엔 멀쩡하던 하늘에서 비가 쏟아졌다. 앞이 보이지 않을 정도였다. 세찬 빗줄기가 들끓는 화를 식혀 주길 바랐지만 좀처럼 수그러들지 않았다.

속이 치받아 눈을 감았다. 등받이에 머리를 기대는 순간 느껴지는 한 뭉텅이 가발, 가차 없이 쥐어뜯어 핸드백에 처넣었다. 가발만 붙이지 않았어도 비 오는 날의 드라이브라고 접을 수 있었을 텐데. 머리에 한껏 멋을 부렸다는 사실에 더 화가 났다.

왠지 가발이 재수 없는 물건이라는 생각마저 들었다. 가발을 붙여 가면서까지 올림머리를 하고 잠자리 날개 같은 한복 입은 모습을 생각하며 황홀해하던 순간을 문질러 지우고 싶었다.

불과 한 시간 전엔 멋진 헤어스타일에 들떴던 마음이 그토록 처참한 기분이 되다니. 비마저 내리는데 머리에 장식으로 꽃까지 꽂았더라면 어떤 기분이었을까. 내가 날궂이를 하나 싶었다.

한복을 돌려주러 갔다. 날짜를 잘못 알았다는 얘기를 하니 한 번 더 입어도 된다는 말에 다시 들고 나왔다. 하지만 다시 입을 건지는 내일의 태양이 떠 봐야 알 일이었다. 그 심정으론 다시 입을 것 같지 않았다.

나는 몇 번씩이나 형님에게 물었었다.

"예식이 20일이에요?"

결론은 21일, '일' 자를 '1' 자로 잘못 들은 형님의 히어링이 문제였다. 기도나 찬송가를 부를 땐 큰 소리로 똑 부러지게 하면서 듣기도 말하기도 흐지부지한 형님이 원망스러웠다.

형님은 왜 청첩장을 보내지 않은 걸까. '이십 날이에요? 이십하나 날이에요?'라고 물었어야 했단 말인가. 내 잘못은 하나도 없는 것처럼 자꾸만 형님을 탓하고만 싶었다.

평소에도 형님과의 대화는 의사전달이 불분명해서 전화할 때마다 나는 성질난 사람처럼 되묻고 핏대를 세우곤 했었다.

그런데 왜 이번엔 그러지 않았을까. 요일만 물어봤어도 그런 일은 없었을 텐데. 내 잘못이 더 크다고 자책할 수밖에 없었다.

'내 탓이지 뭐. 다 내 잘못이야.'

다음 날 말없이 넥타이를 매고 있는 신부의 작은아버지를 보고 있자니 미안했다. 신분 상승한 듯한 전날의 헤어스타

일에 비하면 비록 꽁지 빠진 장닭 모양새였지만 다시는 올림머리에 더구나 가발 같은 건 하지 않을 거라 다짐하면서 따라나섰다.

올림머리를 풀어 버리면서 느꼈던 묘한 느낌. 그건 추락 같은 것이었다.

뜻밖의 부킹

새벽녘에 나도 모르게 이불을 끌어당겼다. 어깨까지 감싸니 포근했다. 잠결에도 가을인가 싶어 기분 좋게 남은 잠을 청했다. 아침에 베란다에서 목을 길게 빼고 올려다보니 하늘이 깊었다. 그대로 나가서 누군가와 북촌 길을 걷고 싶었다. 걷다가 아르데코 풍의 모던한 카페를 만나면 차도 마시고 가을에 어울리는 액세서리도 사고.

때마침 친구가 나를 보러 오겠다는 전화가 왔다. 유난히 가을을 타는 나를 위한 배려였을까.

역으로 마중 가는 길가의 강아지풀도 개망초도 푸른빛을 잃어 가고 있었다. 멀리 전동차가 보였다. 역에서 누굴 기다린다는 것이 새삼스러웠다.

"와, 살아 있네!"

탄성이 절로 나왔다. 카키색 부츠컷 바지, 머스터드 컬러 셔츠에 연한 커피색 그러데이션 스카프는 초가을 의상으론 빈틈없었다. 그런 차림에 검은 선글라스를 끼고 한가한 계단을 천천히 내려오고 있었다. 레드 카펫 위를 걷듯.

친구의 패셔너블한 모습은 출구가 두 곳밖에 없는 작은 역사가 감당하기에는 버거워 보였다. 여기는 인천공항이 아니고 고잔역이니 말이다.

"너, 그 선글라스 전철에서도 끼고 왔어?"

대꾸가 없어 묻지 않아도 될 말이었다고 이내 후회했다. 묻는다기보다는 질책에 가까운 것이었다. 세련된 친구를 질투했는지도 모르겠다.

역사에서 나왔다. 차를 마실까 아니면 이른 점심을 먹을까 묻는 내 손을 친구가 끌어당겼다. 카페보다 여기가 더 멋진 곳이라며 철길 다리 아래 벤치에 앉고 싶어 했다.

우리 동네 전철은 지하로 다니지 않는다. 지상의 철로를 받쳐 주는 거대한 철근 콘크리트 다리가 마치 신전 기둥이나 되는 듯 버티고 있고 그 위로 전동 열차가 다닌다. 가끔 은하철도 999 같은 착각이 들기도 한다. 철길 아래 기둥 사이로 풍금도 있고, 지금은 달리지 않는 협궤선 철로 가엔 계절마다 꽃이 피고 진다.

철 이른 코스모스가 피어 있었다. 철로 아래 벤치가 카페보다 훨씬 좋다는 그녀의 말에 못 이기는 척 앉아서 수다를 늘어놓기 시작했다. 전화로 늘 하던 같은 얘기를 처음 듣는 양 웃기도 하고 훌쩍거리기도 했다. 한때 의류 사업할 때 거래처였던 친구와 나는 젊고 화려했던 날을 그리워하며 옛날로 돌아가고 있었다. 회상만으로도 우린 즐거웠다.

"저, 둘이 아주 친한가벼? 한 시간 전에 지나가다 봤는데 지금도 계시네."

구걸하는 초라한 노인이었다. 친구는 얼른 핸드백을 열어 잔돈을 챙기고 있었다. 난 아침부터 구걸하는 건 그렇다 치고 그냥 달라고 하면 되지 사설이 길다고 생각하고 있는데, 할아버지가 엉뚱한 대사를 날렸다.

"저, 내가 막걸리 한 병 사올 테니 워뗘? 같이 술 한잔 합시다."

우린 당황했다. 나는 순간 손으로 얼굴을 가렸다. 너무 얼결에 생긴 일이어서 뭐라 대꾸할 수조차 없었다. 그래도 경로사상에 입각하여 사태를 모면하고 싶었다. 무슨 말을 어떻게 해서 기분 상하지 않게 거절하나. 난감한 표정을 읽었는지 할아버지는 이내 뒷모습을 보였다. 나는 손가락 사이로 멀리 사라진 할아버지를 확인하고서야 얼굴에서 손을 떼었다.

마주 보고 웃긴 했지만 친구의 표정이 일그러져 있었다. 분명 화도 나 있었다. '봉변'이라고 쓰여 있는 친구 표정을 읽으니 내가 미안했다. 패션 잡지에서 튀어 나온 듯한 의상이 무색했기 때문에 더 그랬다. 한껏 차려 입었는데 노인에게 부킹이 들어오다니. 그 노인 눈에는 패션 감각은 보이지 않고 나이든 여자로만 보였단 말인가.

홍콩 여행 때 가이드 말이 떠올랐다. 길거리에서 폐지를 줍는 초라한 노인이 엄청난 갑부일 수도 있다는. 그들은 겉모습에 신경을 쓰지 않기 때문에 그럴 수 있다는 말을 했다. 나는 친구에게 가이드 말처럼 혹시 갑부일지도 모른다고 할아버지를 대변하듯 말했다. 반응은 떨떠름했다. 어쨌든 행색으로 모든 것을 판단할 순 없다 해도 연세가 만만치 않아 보였으니 말이다.

노인의 갑작스런 등장으로 깨져 버린 분위기를 수습하려고 나는 말이 많아졌다. 할아버지의 용기를 높이 평가하자고 했다. 그러면서도 왠지 씁쓸했다. 아무리 멋을 내고 아닌 척 감추려 해도 세월이 보이는 것은, 할아버지 시선의 오차 범위를 감안한다 하더라도 엄연한 사실이니까.

할아버지 때문에 기분이 상한 친구에게 평소보다 비싼 점심을 샀다. 나를 위해 먼 길을 온 친구가 있어도 그날은 가을바람이 스산했다.

그녀는 돌아가고 쓸쓸해서 해 질 녘 방황하고 있는데, 아는 이가 계절도 지난 팥빙수를 사겠다고 전화했다. 주저하지 않고 나갔다. 딱히 할 말도 없고 해서 아침에 있었던 할아버지 얘길 했다.

"에구, 친구가 언짢을 수밖에 없네. 거기 다리 밑이잖아!"

내 눈에는 신전 기둥처럼 보였는데…. 가을이 주는 쓸쓸함도 하수상한데 갑자기 더 우울해졌다. 어차피 해마다 도지는 계절병이라 하더라도 기왕이면 그 할아버지가 억만장자쯤 되는 사람이었으면 좀 달랐을까.

어떤 보시

어깨를 잔뜩 부풀린 옷이 유행하던 시절이었다. 옷을 만들고 판매하는 일이 직업이었던 나는 어깨 뽕이 텔레비전에 나오는 연예인보다 높았다. 그 모습으로 백화점 매장 몇 군데를 들렀다 가야 하는 곳이 있었다. 한남동 S병원 신경외과 병동에 남편이 교통사고로 입원하고 있어서였다. 시간에 쫓기던 나는 일하던 복장으로 갈 수밖에 없었다. 간병하기엔 좀 민망한 차림이었다.

어느 날부터 병원 5층 엘리베이터에서 내리면 느껴지는 시선이 있었다. 한동안 모르는 척 지나쳤는데 시간이 흐를수록 기분이 좋지 않았다. 시선의 주인공이 눈빛은 이미 4차원인 중풍 든 백발 할아버지였기 때문이다.

그날도 여전히 할아버지의 시선을 느끼면서 병실로 가는데 할아버지를 돌보는 할머니가 부르셨다.

"왜요?"

차가운 대답이었다. 하지만 할머니는 고운 미소를 지으며 말했다. 할아버지가 병나기 전에는 고위 관직에 있었고 미남이었으며 대대로 부잣집 자손이라는 신상 명세를 나열했다.

그게 나와 무슨 상관인가. 궁금하지는 않았지만 할아버지 부인 되시냐고 물었다. 그건 아니고 간병인인데 내가 엘리베이터에서 내리면 몸도 못 가누면서 고개가 틀어지도록 바라보니 보시하는 마음으로 웃어 주라는 것이었다. 게다가 께름칙한 말씀인즉, 여자를 너무 좋아해서 풍을 맞았을 것이라는 부연 설명까지 했다. 그런 보시도 있나 싶었지만 연세 드신 분에게 따져 물을 일은 아니었다. 그렇게는 못한다고 할 수도 없고 가식적으로 웃을 수도 없었다.

그래도 시간이 흘러가니 병원 관계자들이나 환자들에게도 익숙해져 가고 할아버지에게도 미소를 보내게 되었다. 내가 목례를 하면 활짝 웃으며 무슨 말인가를 하고 싶어 했다. 그 모습이 왜 그리 처량하게 보이던지. 빨리 그 자리를 피하고 싶었다.

어느 날 거래하는 백화점 바이어가 내 속을 뒤집어 놓았다. 바캉스를 대비한 원색 원피스를 주문대로 만들었는데 꼬투리를 잡는 것이었다. 아무 문제가 없는데도 야릇한 여운을 남기면서 납품을 미루었다. 미적거리는 표정에 비위가 상했다. 두말 않고 반품 처리했지만 나로서는 큰 손실이었다. 물고기가 수족관에서 나오는 순간 생명의 촉각을 다투듯 생명력이 짧은 바캉스 물건. 땡처리를 각오해야 하는 나는 암담했다. 손해도 손해지만 다음 납품이 더 걱정이었다.

기분이 추슬러지지 않아 일을 접고 병원에 갔다. 입원실 보조 의자에 앉으려는 순간, 옆 침대에서 처음 보는 할아버지가 외마디를 지르면서 나를 향해 달려들 기세였다. 난데없었다. 침대에서 낙상할 것만 같아 다가갈 수밖에 없었다. 할아버지는 대뜸 내 손을 잡더니 눈물을 흘리면서 말했다.

"미스 조, 오랜만이야! 왜 이제 와?"

새로 입원한 할아버지였다. 그러잖아도 속이 뒤집혀 있는데 내키는 대로라면 뿌리치고 싶었다. 병실로 들어오던 할머니가 나보고 이해하라고 했다. 옛날에 정분났던 다방 미스 조로 착각한 거라고.

다방 아가씨로 착각하게 한 내 차림에 문제가 있는 걸까. 그렇더라도 기분이 좋지 않았다. 어쩔 수 없이 두 손을 잡힌 채 미스 조 역할을 하면서 할아버지의 감격의 눈물을 바라볼 수밖에 없었다. 할머니는 마치 남의 일인 것처럼 그때 미스 조에게 양보했어야 했다면서 밖으로 나가 버렸다.

입원실로 들어오던 남편이 그 광경을 보게 됐다. 빨리 그 상황을 피하고 싶었던 나는 남편이 구세주 같았다. 내 손을 낚아채 데리고 나가리라. 그러면서도 할아버지에게 너무 심하게 하지 말았으면, 하는 알량한 배려가 틈새를 비집고 있었다. 그러나 그건 나의 바람일 뿐. 그는 할머니보다 더 무표정한 표정으로 알아서 하라는 듯 다시 나가 버렸다. 도대체 무슨 상황인지 감이 잡히지 않았다.

'아니, 저 남자가 병원에 오래 있더니 이상해진 것 아냐?'

진단 소견서에 존재하지 않는 남편 직무유기 증세가 보태진 것만 같았다. 부아가 치밀었다.

뒤쫓아 나가 그를 앞질러 엘리베이터 앞으로 갔다. 화가 났으니 가겠다는 시위였다. 내 표정을 읽은 듯했지만 화난 이유를 그는 알지 못했다. 병원 입구까지 따라 나오는 동안 이유를 말하고 싶지 않았다. 하지만 그는 환자였으니 내키지 않지만 말할 수밖에 없었다. "남편 역할이 뭐냐?" 쏘아붙이고 가는 내 뒤통수에 대고 그도 한마디 날렸다.

"치매 노인네를 상대로 질투하는 것처럼 보이면 속이 후련하겠군."

그 정도로 이해심이 많은 것도 아닐 텐데 그도 어깃장을 놓고 있었다.

오랜 병원 생활에 지치고 납품 사건마저 겹쳐 힘들던 차에 미스 조 할아버지 사건을 핑계 삼아 다음 날도 그 다음 날도 가지 않았다.

뇌졸중에 치매 환자는 주위 사람이 무조건 이해할 수밖에 없는 그야말로 무개념 상태인 것을 모르는 바는 아니지만, 그래도 그의 태도는 섭섭하기만 했다. 나중에 남편은 내게 몇 번이나 치매의 특성을 변명처럼 말했다.

신경외과 병동에는 몸이 정상에서 멀어진 장기 입원 환자들이 많았다. 젊은 환자는 분노에 차 있기도 하고 결혼한 환자는 부부 싸움도 잦았다. 연세 드신 환자는 거의 뇌졸중에 치매가 있어 두 할아버지처럼 몸도 정신도 언어도 제대로 되는 것이 없었다.

날마다 나를 기다리는 미남 할아버지는 가족도 포기했는지 입원실에는 오지도 않고 1층에서 간병비만 주고 갔다. 할아버지 부인과 간병인이 만나는 걸 얼핏 봤는데 젊고 미인이었다. 말을 할 수 없는 할아버지의 유일한 의사 표시, 웃음소리가 그날따라 울음소리로 들렸다.

아예 거동이 안 되는 '미스 조 할아버지'는 누워서도 계속 미스 조를 그리워했다. 나는 가끔 미스 조가 될 수밖에 없었다. 나를 바라보는 눈빛이 애절해서 오히려 미안할 정도였다. 젊은 날 청계천에서 공구상점을 했다는 할아버지는 엄청나게 돈을 벌었지만 번 만큼 여자들에게 부의 분배도 잘했던 것 같다. 할머니의 말에 의하면 멋진 로맨스 가이였을 것이다. 그럼에도 불구하고 할머니가 정성껏 돌보니 다행이었다.

남편은 6개월이 넘어서야 퇴원했다. 두 할아버지의 이상한 관심을 받으면서 수난이다 싶을 때도 있었다. 하지만 나를 보면서 착각이었을망정 건강하고 젊었던 순간으로 돌아갈 수 있었다면 '보시'가 됐던 것일까.

삼십 대 중반이었던 나하고는 아무 상관 없는, 노인들에게만 있는 일이라 생각했다. 그분들의 나이로 가고 있는 지금, 노년의 건강을 생각하면 두렵기도 하다. 수족이 맘대로 안 되는 것도 힘든 일인데 만약에 정신마저 온전하지 못해서, 평소에 싱크대에서 혼자 중얼거렸던 육두문자를 하면 어쩌나. 혹시나 미스 조가 아닌 미스터 조를 찾게 되면 어쩌나. 걱정을 아니 할 수 없는 것이다.

미스터 왜가리

폴로 경기 그림이 새겨진 검정 반팔 티셔츠 깃을 세우고 청바지를 즐겨 입던 반백의 단발머리 노인, 70년대 말 칠순을 맞이한 시아버님 모습이다.

지금이야 독특할 것도 없지만 시대를 앞서가는 멋쟁이였다. 내가 결혼하기 전엔 공직에 있다가 퇴임 후 사과 농장과 양돈을 하셨다. 자투리땅에 배추, 무를 심어 판다고 리어카에 싣고 맨발로 도청 광장을 가로질러 가면 예전 부하 직원들이 나와서, 영감님 무슨 일이냐며 큰일이나 난 것처럼 리어카를 빼앗아 배추, 무를 모두 도청 광장에 내려놓았다는, 당시 그 근방에선 유명한 일화의 주인공이었다.

만 평이 넘는 농장엔 달랑 초가 한 채. 삭풍을 막아 줄 울타리도 없는 곳이었다. 시내에 있는 집에서 설 명절을 지내면 좋으련만.

"나 죽을 곳은 여기다."

아주 건강해서 죽음을 말씀하시기는 턱도 없는데 가족의 불편함을 아랑곳하지 않았다.

결혼하고 첫 설맞이였다. 모든 게 낯설고, 조심스럽고, 식구는 많은데 두 칸 방에서 명절 전날 밤을 지내자니 구겨 잤는지 접혀 잤는지 모르게 아침이 밝았다.

설날 아침, 난 난감한 현장을 보고 놀라지 않을 수 없었다. 부엌에서 20미터쯤 떨어진 마당 한쪽에 펌프가 있고 바로 옆 빨간 고무통엔 전날 퍼놓은 물이 5부 정도 들어 있었다. 통 속의 물은 얼어 있었다. 아버님은 언 펌프에 더운 마중물을 붓고 어렵게 고무통에 물을 채운 뒤 차마 보기 민망한 모습으로 통 속에 들어가셨다. 잠깐 머리까지 잠수를 하더니 이내 얼굴만 내놓고 두 손을 모으고 기도하는 자세를 취하셨다. 어제 날린 눈으로 사방은 희끗희끗 을씨년스럽기만 한 데다, 아버님 이마에 흘러내린 몇 가닥 젖은 머리카락을 보니 역모죄로 유배를 떠나는 사극의 주인공 같았다. 영하의 날씨에 얼음물 속에서 왜 저렇게 처절한 모습이어야 하는지 이해되지 않았지만 구도자의 모습일 거라 생각했다.

그런데 차츰 걱정되기 시작했다. 큰일이라도 날 것만 같았다. 언뜻 아버님께서 추천하신 주례 선생 말씀이 생각났다. 주례 선생은 신랑 신부의 앞날에 대한 축사는 염두에 없는 듯 신랑 아버지에 대한 칭찬만 했는데, 청렴한 시아버님의 공직생활에 대한 말씀이셨다. 고금을 막론하고 앞으로도 존재하지 않을 청백리였다는 것은 좀 과장된 표현이라는 생각이 들었다. 그토록 청백리였다면 누구에게나 귀감이 될 대단한 분이라고 평가해야겠지만, 가족이 될 내 입장에선 앞으로 힘들겠다는 생각이 들었다. 얼음물 속에 가부좌를 틀고 앉아 계시는 아버님의 모습을 보니 나는 주례 선생의 강한 표현이 현실이 되어 간다는 생각에 기가 죽어 갔다.

"아버님이 우리에게 뭔가 불만이 있어 시위 삼아 저러시는 건 아닐까?"

남편은 시니컬하게 늘상 그러니 신경 쓰지 말라고 대꾸했다. 그렇지만 마음이 놓이지 않고 불안하기만 했다. 그래도 그렇지 칠십이면 노인인데 혹시 새 며느리에게 뭔가 보여주고 싶었다면 내가 멈추시라고 해야 하는 건 아닐까 싶어 안절부절못하던 내 모습은 지금 생각해 보면 개그였다. 나를 뺀 나머지 가족들과 어린 조카들까지 아무렇지 않은 표정이었다.

시골에 살 때 겨울엔 방에서 발을 씻던 친정아버지와는 달라도 너무 다른 모습은 나를 시험에 들게 하는 시련 같았다. 시아버님의 기인 같은 행동을 친정엄마께 얘기하면 "노인은 노인다워야 하는데…" 말끝을 흐리셨다. 딸의 시집살이가 걱정되는 눈치였다.

돼지 과잉생산으로 양돈 농가 주인이 자살하기도 하고 새끼 돼지들이 살처분되던 어느 해, 엄청나게 많은 새끼 돼지들을 시댁 농장에서 처음 봤다. 이미 돈사는 다 큰 돼지들로 포화 상태였고, 새끼 돼지들은 무리를 지어 천방지축 농장 안을 휘젓고 다녔다. 방목 수준이었다.

시아버님은 수요와 공급을 맞추지 못한 정부 시책이 잘못됐으니 끝까지 밀고 나가겠다는 결심이었다. 양돈 사업을 대책 없이 장려한 정부가 잘못한 건 사실이지만 계란으로 바위를 치겠다는 건 무모하다는 생각을 아니 할 수 없었다.

'그럼 사료 값으로 불어나는 빚은 어찌하나요?'

속수무책인데 가족 중엔 어느 누구도 시아버님께 돼지를 처분해야 한다는 말을 하지 못했다. 아버님을 모시고 농장을 같이 운영하는 큰형님 내외는 직격탄을 맞을 위치인데도 피하려는 노력을 하지 않았다. 그저 흘러가는 대로 살 뿐, 아버지께는 어떤 의견도 통하지 않으니 문제를 만들고 싶지 않다는 태도였다.

그날 핏발 선 아버님의 눈빛을 피해 농장 주변을 맴돌다 돌아왔지만, 아버님께는 죄송하게도 돼지도 새끼 때는 참 예쁘다는 사실을 알게 되긴 했다.

잘못된 정부 시책에 대하여 뼈를 깎는 항거를 해 봐도 착하디착한 큰형님 내외에게 대를 물려준 것은 빚뿐이었다. 그 후 30년이 넘는 장장한 세월 동안 형님 내외는 빚에 허덕여야만 했다.

시아버님의 고함 소리 또한 성격만큼이나 대단했다. 만평의 농장을 지나 동네까지 들려 '미스터 왜가리'라는 별명이 생길 정도였다. 하지만 낭만적인 데도 있었다. 젊은 시절엔 봉급날 시어머니께 시내 다방에서 만나자고 데이트 신청을 하기도 했단다. 시어머니가 군데군데 솜이 허옇게 삐져나온 시커먼 포대기로 애기를 업고 나와 난처했다면서도 오히려 당당한 분이었다.

그 얘기를 듣고 아버님의 낭만을 찾아 드리고 싶었다.

"아버님, 데이트해요. 제가 커피 사 드릴게요."

아버님이 시내 나오면 들르는 다방으로 약속 장소를 정하고 어머님에게 불만이었던 부분을 해소시켜 드리려고 멋지게 차려입고 나갔다. 아버님이 더블 재킷 슈트에 중절모를 쓰고 들어오자 다방 안에 있던 손님들의 시선이 아버님께로 집중됐다.

데이트 내내 동경 유학 시절 얘기를 하셨다. 자랑스레 회상에 젖은 모습, 내겐 멋진 시아버님이었다. 모시고 사는 형님이나 시어머님은 아닐지 몰라도. 다방을 나와 팔짱을 끼고 시내 중심가를 걷다가 지인을 만나면, 당신 며느리임을 은근히 과시하시는 모습도 자랑스러웠다.

거칠 것 없는 성품, 보통을 벗어난 자신감.

세상 누구보다도 죽음 앞에서 'So cool~'일 줄 알았는데 나이 들어 병약해지니 옛날의 기상은 사라지고 먹고자 하는 본능에만 매달리던 모습은 나를 슬프게 하는 것들 중 하나였다. 성격만큼이나 건강관리를 잘 하셔서 날씬하고 세련된 모습이었는데, 말년에 치매가 오니 자그마한 노인이 되었다. 평소 시어머님보다 더 믿고 좋아하던 천사 같은 큰며느리를 엄청 힘들게 하다 생을 마치셨다.

그날은 그해 가장 더운 날이었다.

강력 살균 기도와 나일론 신도

시아버님 생신날 새벽, 두 시간 반을 달려 전주 시댁에 도착했다. 예상했지만 형님은 파 한 뿌리도 준비해 놓지 않았다. 준비해 간 음식 재료를 볶고 지지고 무치고 끓였다. 촉박한 시간에 정신없이 설쳐대야 했다. 대강 마무리되어 갈 무렵 나도 모르게 형님에게 지시하듯 말했다. 김치라도 썰어 놓으라고. 형님은 김치를 도마에 펼쳐 놓고 사라졌다가 썰다가 사라지곤 했다. 끝내 도마 위에는 김치 지스러기가 남아 있었다.

제멋대로 휘둘러 대는 점령군 같은 나. 아무런 저항 없이 오히려 기다렸다는 듯이 번번이 백기를 들곤 했던 형님. 그래도 그렇지, 돌이켜 생각해 보니 내가 너무 설쳤다.

내 과한 행동이 고까웠을 텐데 기분 나쁜 표정을 한 적이 없는 착한 형님. 까다로운 시아버지와 결코 편하지 않은 시어머니, 결혼하지 않은 두 시동생, 아들 보겠다고 낳은 딸이 넷, 거기에 집안의 장남인 남편을 떠받들며 만 평이 넘는 농장 일로 날마다 사투하듯 살아야 했다. 결혼 전에 간호사였던 형님은 대가족을 건사하며 농장 일까지 하려니 버겁기도 했겠지만 유난히 일을 잘 추스르지 못했다.

한여름에도 안방 귀퉁이에서 똬리를 틀고 있는 겨울 코트는 먼지가 쌓여 회색 모피코트로 둔갑해 있었다. 그런 상황을 안타까워하면 형님이 하는 오직 한마디, 모든 게 '그분의 뜻'이었다. 전화 통화도 용건보다 '믿으라'는 말이 시작이고 끝이었다. 형님은 믿지 않는 나를 보며 큰일이라도 날 것처럼 절박해했다. 나는 그런 형님이 더 큰일이 날 것만 같았다.

한번은 믿는 것도 좋지만 언제까지 그런 모습으로 사실 거냐고 물었다.

"난 구체적인 계획이나 꿈을 가지면 살 수가 없어."

의외의 반박이었다. 매사 '그분의 뜻'에 갇혀서 아무 생각 없는 형님인 줄 알았는데, 그 말을 듣는 순간 너무 미안했다. 같은 며느리인데 단지 맏며느리라는 이유로 유별난 시부모님을 모시고 맘대로 외출도 못하고 사는 걸 알기 때문이었다.

생활은 주체할 수 없이 버겁고 시부모님은 유달라 형님이 뭘 생각하고 실천한다는 건, 다른 사람들이 바라보는 시각으로는 안 될 일이었다. 형님 부부는 북한 동포 같았다. 흥하든 망하든 기회를 만들어야 하는데 그러기엔 아무런 주권이 없었다. 그저 아버님의 뜻에 따라야 했다.

아버님은 그나마 형님 부부에게 '종교의 자유'는 허락하셨다. 그 점은 북한 동포하고 달랐다. 한편 형님은 오로지 형님의 종교만 절대적이고 유일한 것이었다. 만약 아버님과 형님의 종교가 바뀌었다면 어떤 상황이 되었을까. 아버님이 '절대'라고 밀어붙였다면…. 다행히 아버님 종교는 상대를 인정하는 융통성이 있었다. 아버님 방에선 늘 '나무아미타불'이 흘러나왔다. 그것도 형님에겐 시련이었다.

형님은 아버님을 비롯한 가족을 전도하지 못하는 것을 늘 죄스러워했다. 갱년기 때는 신경이 날카로워지고 심신이 피폐해져 병원 치료를 받아야만 했다. 가족이 자기 종교를 따르지 않아 아프다는 것이었다. 말수가 적은 줄만 알았는데 무척 공격적이었다. 기도 덕분인지 어느새 진한 허스키의 웅변가가 되어 있었다. 마치 종교 전쟁 선전포고 같았다.

다른 형제들보다 나와 가장 가까웠기 때문에 내게 더 흥분했다. 나도 할 말은 있었다. '나름대로 정진할 뿐, 내 믿음이 깊다면 상대도 존중하라고. 그리고 남발하지 말라고.' 그렇게 말했다가는 치료 기간이 길어질 것 같아서 참았다.

그러다가 독재도 세월 앞에서 무색해지듯 아버님의 시대는 끝나가고 있었다. 아버님은 치매인 데다 폐까지 나빠져 기침을 심하게 하셨다. 어린 조카들이 걱정됐다. 이부자리와 그릇은 꼭 소독해야 한다고 간곡하게 말하는 내게 형님의 한마디는 날 확 깨게 했다.

"강력 살균 기도를 하면 소독하지 않아도 균이 죽게 돼 있어."

'신심 깊은 건 알겠는데 그건 아니잖아요?'라고 치받을까 하다 참았다. 그런 맹목에 가까운 신앙 때문에 열악한 환경에서도 아버님을 모실 수 있었다고 평가해 주고 싶었다. 그래도 형님의 효심이 백이면 그중에 근본과 성정이 구십이라고 생각했다.

치매가 깊어진 아버님은 일요일이면 형님을 따라가 교회에서 점심을 드셨다. 정신이 맑았을 땐 있을 수 없는 일이었다. 형님은 그렇게나마 생전에 아버님을 전도했다고 생각하는지 한결 밝아 보였다.

어느새 아버님 머리맡에 있던 천수경이나 반야심경 테이프는 오간 데 없고 찬송가나 목사님 설교가 들렸다. 형님의 승전보를 듣는 것 같았다. 그 순간을 얼마나 기대했을까. 이미 죽음의 그림자가 드리워진 아버님. 나는 극락도 천국도 확신은 없지만 가시는 길이 헷갈릴 것만 같아 말리고 싶었다.

하지만 아버님의 종교에 관한 한 이미 형님이 주권을 쥐고 있었다. 입관 때 시신을 덮는 붉은 휘장에 '성도'라고 쓸 것을 강력히 주장하는 형님은 눈에서 레이저를 쏘는 것만 같았다. 형제들은 못마땅해했다. 하지만 부모님을 모신 공덕을 생각해서 모두 참는 눈치였다. 어쨌거나 아버님을 '성도'라고 생각하는 사람은 형님 가족뿐이었다.

아버님을 보내 드리고 나면 형제들이 형님한테 공로패라도 해 드려야 맞는 일이었다. 하지만 종교적인 앙금 때문에 쉬운 일은 아닐 것 같았다. 나는 속으로 아버님께 말씀드렸다. 그리고 형님에게도.

'아버님! 제일 믿고 사랑하셨던 큰며느리 마음 편하게 천국으로 곧장 가세요.'

'형님, 그만큼이면 승리하신 겁니다.'

내가 그렇게 흔쾌히 생각할 수 있었던 것은 형님보다 강하지 못한 종교적 신념 때문만은 아닐 것이다. 결코 이기고

지는 문제는 아니지 않는가. 내 심연 속에는 분명히 있지만 소리 내고 싶지 않은 나는 소위 말하는 나일론 신도쯤 될까.

평생 종교가 없었어도 좋은 일 하며 잘 살다 가는 사람도 많다. 그러나 부모를 잘 섬기지 않고 가는 사람을 잘 살았다고 말할 수는 없을 것이다. 형님은 효부였다. 잘 사신 것이다. 종교적으론 원색적이고 강하지만 근본이 반듯하고 선한 성품인 형님. 형님의 효심은 존경하고도 남음이 있다.

제4장
권력에서 멀어진 남자

어려운 이야기

한 해에 두세 번 만나는 몇 친구가 있었다. 모임을 주관하던 친구가 멀리 이사 가자 심드렁해진 후 3년 만의 해후였다. 날마다 보는 내 얼굴은 그대로인 것 같은데 친구들은 왠지 모르게 전의 모습 같지 않았다. 서로 같은 생각을 했을까.

다섯 명 중 한 친구가 뻔한 말을 했다.

"야, 몇 년 만이야? 그런데 하나도 안 변하고 더 이뻐졌네."

어디 출마할 것도 아닌데 가당치도 않은 립 서비스. 하지만 그 말에 모두 안도하는 표정이었다. 하긴 이탈리안 레스토랑 고고한 조명 아래여서인지 우아해 보이긴 했다. 하지만 예뻐졌다는 표현은 무리였다. 그래도 우리끼리니까 서로 등 두드려 주기.

각자 안부를 묻고 나서 시작한 얘기는 예전처럼 자식이나 남편 얘기가 아니었다. 화두는 엉뚱하게도 경기에 대한 우려였다.

그중에 식당을 운영하는 친구 A가 먼저 목소리를 높였다. 김영란법도, 늘어나는 식당도 문제지만 있는 사람이 돈을 움켜쥐니까 경기가 더 나빠지는 것이 아닌가 싶다는 것이었다.

진보 성향이 농후한 친구 B가 부의 편중 문제를 성토하기 시작했다. 가진 자와 못 가진 자의 차이가 심한 데다, 돈이 돈을 버는 것이 당연한 것 같은 세상이니 갈등과 위화감이 문제라고 했다. 그러면서 B는 재미있는 얘기를 했다.

소시민에겐 그저 숫자에 불과한 오백 억을 가진 칠십 대 자산가가 아들 둘에게 이백 억씩 물려주고 나니, 기사 월급 나가는 게 아까워서 퇴직시키고 공짜 전철을 타고 다닌다는 것이었다. 가진 자가 허리띠를 졸라매니 실업자가 또 한 명 늘어났다는 것이다.

한 다리 건너면 나도 알 수 있는 사람이었다. 검소해서 본받아야 할 것만 같은데 왠지 지독하다는 생각이 먼저 들어 좋게 평가해 주고 싶지 않다는 반응이었다. 적자라는 지하철은 돈 많은 노인에게도 왜 공짜인가. 노블레스 오블리주 실천에 앞장서야 할 사람이 재물에 얽매어 그렇게 산다면 어쩔 수 없는 일이라며 모두 쓴웃음을 지었다.

사업하는 사람 중에서도 특히 자영업자가 더 힘들다. 경기가 살아나지 않으니 서민도 힘들 수밖에 없다. 사회 초년생의 일자리는 점점 줄어든다. 노인을 위한 일자리 창출 일환으로 만든 주차관리원을 연금이 월 몇백인 사람이 운동 삼아 한다는 것도 문제라고 누군가 말했다. 그 말끝에 자기 아파트에는 장교 출신이 경비를 한다고 훌륭한 분이라 말하는 C에게 B가 호되게 반박했다. 그런 자리는 살기 힘든 사람에게 양보해야 한다고. 일자리를 빼앗는 거나 다름 없다며 봉사할 곳을 찾아도 되는 게 아니냐며 언성을 높였다. 그러자 C는 연금 받는 사람은 일하면 안 되냐고 불퉁거렸다.

이 말 저 말에 한마디도 언급하지 않는 D. 그는 상당한 재력가다. 말도 없을 뿐더러 행동도 조신한 편이다. 겉으로 드러내진 않지만 친구들에게 밥 한번 제대로 산 적이 없다는 비난을 받기도 한다. 돈이라는 배수진 때문인지 언제 어디서 무슨 일이든 관망만 하는 여유로운 자세다. 심지어 어디 맛집이 있다는 말조차 아꼈다. 나는 때론 정 없는 사람이 아닌가 싶기도 했다.

남편이 스테인리스 스틸 소매상을 하는 B가 말을 이었다.

유산이든 벌어 모은 재산이든 많이 가진 자에게 적대감을 가질 필요는 없다. 하지만 아무도 없는 무인고도에서 재산과 명예를 얻진 않았을 것이다. 그렇다고 다 같이 놓고 흔들어서 똑같이 공평해지자는 것도 아니다. 생산적인 투자나 기부를 해서라도 좀 쓰라는 말을 하고 싶을 뿐이라는 것이다. 고여 있고 흐르지 않으니 더 힘든 세상인 듯해서 말이다. B의 말에 D의 눈치가 보였지만 나는 격하게 공감했다.

"죽을 때까지 나오는 연금도 있는데 좀 써라."

A가 반 농담으로 말하자 C가 애들 결혼시키고 남은 게 없다며 엄살을 부렸다. C가 별 반응이 없었으면 D에게 갈 화살이었을 텐데, 전체적인 분위기가 재산도 있고 연금도 넉넉하게 받는 C에게 쏠렸다. 해외여행을 자주 하는 C는 연금으로는 턱도 없다며 눈을 흘겼다. 젊어 열심히 일했고 나이들어 즐긴다는데 트집 잡을 이유는 없다. 하지만 수명이 길어졌으니 연금 액수는 조정이 필요하다는 말에 C는 어정쩡한 표정을 지었다.

아예 입을 봉한 D는 C를 방패 삼아 그림자처럼 소리 내지 않고 앉아 있었다. 현실이 심각한 불경기이기도 하지만 부자의 세금과 복지와 연금문제는 개혁이 필요하다는 말에 D가 단호하게 말했다.

"알고 싶지 않다."

그날 D가 한 말의 전부였다. C도 D의 말에 동조하는 눈빛이었다. A, B의 얼굴빛이 불편해 보였다.

더 이상 이야기가 진전되면 편하지 않을 것 같은 순간에 각자 다르게 시킨 메뉴가 하나씩 나오기 시작했다. 언제 어려운 문제로 난상 토론을 했나 싶게 음식으로 빨려 들어갔다. 단순해진 것인지 밥 앞에서는 유연해지는 것인지 모두 편안한 표정이 되었다.

괜히 내가 꺼낸 화두는 나이 든 여자들에게는 무거운 주제였다. 게다가 3년 만에 만나 답을 내릴 수도 없는 얘기를. 토론의 사회자나 되는 듯 적당히 조율하며 진보와 보수 중간쯤에서 회색스럽게 마무리해 버린 내 자신이 좀 비굴해진 기분이었다. 하지만 어디서든 흥분하고 나면 뒤통수가 개운치 않은 것보다는 낫지 않을까 생각했다.

고소하고 부드러운 크림스파게티 때문인지 그저 각자의 개성과 처지를 존경하고 싶을 지경이었다. A에겐 조만간 들러 매상을 올려줘야겠고, B는 내 생각의 많은 부분을 대변해 준 것 같으니 따로 차 한잔 사고, C에겐 여행 플래너 대우를 하면서 내게 적당한 여행 조언을 들어야겠다. D. 친구가 돈이 없는 것보다는 있는 것이 낫다. 돈 많은 사람은 대단한 힘이 있다. 결코 나눠 주지 않을 텐데도 사람들은 기대심리가 있다. 나도 그런가. 내 친구임을 사람들이 알아 나쁠 것은 없다는 마음도 그런 심리일까.

진한 크림스파게티 후식으론 아메리카노가 제격이다. 속을 헹궈 내는 기분이었다.

J의 옥탑방

횡단보도 건너 J가 보였다. 날씬하고 패셔너블한 모습은 그대로인데 멀리서 봐도 얼굴 모습이 좀 달라 보였다. 그녀도 나를 알아채고 잰걸음으로 다가왔다. 횡단보도 중간쯤에 이르렀을 때 '앗' 하는 외마디가 새어 나왔다. 두 볼이 팽팽하게 부풀어 올라 눈은 실눈이 되었고 양쪽 볼에 묻힌 코는 존재가 모호했다.

거의 일 년 만에 만났는데 반갑게 웃는 J의 얼굴은 근육이 한 덩어리로 뭉쳐진 것처럼 아주 어색한 표정이었다. 보톡스를 욕심껏 맞은 걸까.

얼마 전 이사했다는 그녀 집에 가고 있는 길이었다. 금호동 재래시장을 따라 나란히 걸을 수 없을 만큼 인도도 비좁은 데다 사람이 많았다. 우린 사람들에 밀려서 떨어져 걷다가 사람들이 지나가면 나란히 걸었지만 대화를 나눌 틈이 없었다. 걷다가 옆 사람과 부딪히는 것쯤은 예사인 듯 서로 무표정했다.

한참 후에야 J가 말을 했다.

"재미있는 동네야. 고만고만해도 생선가게, 채소가게, 과일가게… 없는 게 없어. 살기는 좋아."

길가의 두세 평쯤 되는 작은 가게들. 진열된 물건이 깔끔하고 신선해 보였다. 과일가게는 생물보다 더 예쁜 모조품을 진열해 놓은 것만 같았다. 나는 사람 냄새 나는 동네 같다는 말로 맞장구를 쳤다.

복잡한 시장통을 지나자 J는 사우나가 있는 제법 큰 건물로 거침없이 들어섰다. 왜냐는 내 표정을 느꼈을 텐데 설명도 하지 않았고 나도 굳이 묻지 않았다. 엘리베이터 크기에 비해 타려는 사람이 많아서 다음 차례를 기다려야 했다. 다음 엘리베이터에 그녀를 따라 가까스로 타고 나서도 어디로 가는지, 사람은 왜 그렇게 많은지 궁금했다.

엘리베이터 문이 열리자 운동장 같은 주차장이 펼쳐져 있었다. 건물 옥상이 주차장이라면 분명 건물 넓이 만큼이어야 맞는데 그게 아니었다. 갑자기 순간 이동한 느낌. 동네를 아우르는 주차장이라면 맞는 말일까. 이상한 나라에 들어선 것 같았다. 비탈에 건물을 세웠으니 건물 등은 산비탈이었고 옥상은 주차장이면서 길로 이어졌다. 엘리베이터는 건물에 용무가 있는 사람보다 주민들의 이동 수단으로써 역할이 더 큰 듯했다. 그야말로 동네 가운데쯤을 뚝 자른 엘리베이터는 돌아가지 않아도 되니 지름길이기도 했다.

위를 봐도 아래를 봐도 가파른 언덕길을 따라 작고 오래된 집들. 전형적인 산동네였다. 올려다보니 얽히고설킨 전선들로 하늘이 셀 수 없이 조각나 있었다. 옥상 주차장에서 이어지는 언덕길을 따라 위쪽으로 더 올라갔다. 짙은 녹색으로 두껍게 덧칠된 대문을 열자 곧바로 좁은 철계단이었다. 육십 대 반열에 들어선 J와 나의 두꺼운 옷과 둔한 몸동작 때문에 빈약한 철계단이 몹시 덜컹거렸다.

옥탑방이었다. 현관문이자 방문을 여는 열쇠 소리가 찌걱거리며 궁한 소릴 냈다. 문마다 두꺼운 비닐 막과 두툼한 커튼을 이중으로 쳐놓았으나 실내는 썰렁한 기운이 감돌았다. 몇 년 전부터 그녀의 현실을 알고는 있었지만 가슴이 횅해지는 느낌이었다.

"뭐야, 잘 살고 있잖아."

그렇게 말해 주어야 할 것 같아서 좀 큰 소리로 말했다.

"응, 살만 해. 속이 편해."

체념의 목소리였다.

"술이나 마시자."

집에 들어오자마자 J는 겉옷을 벗기도 전에 맥주 몇 병을 밖에 내놓았다. 옥탑방에 어울리는 자그마한 상이 나왔다. 그녀가 예전에 가지고 있던 물건들에 비해 아주 값싸 보였다. 옥탑방에 맞춰 새로 샀을 거라는 생각이 들었다.

십 분이 채 되지 않았을 텐데 맥주는 적당히 차가웠다. 가파른 언덕의 옥탑방, 막힐 것 없는 바람이 사방에서 불어대니 술병을 내놓기만 하면 금방 차가워진다며 J는 싱겁게 웃었다. 초라한 상에 비해 안주는 화려했다. 음주를 낭만이고 멋이라 생각하는 그녀는 술자리가 마련되면 상황에 최선을 다하고 기분은 최상이었다. 그나마 그럴 수 있어 다행이라 생각했다.

밖에는 눈발이 날리고 있었다. 산동네 집들과는 달리 멋진 주민센터 건물이 배경이 되어 김춘수 시인의 '샤갈의 마을에 내리는 눈'을 연상하게 했다. 샤갈의 그림에서 느꼈던 시인의 마음이고 싶어서였을까.

눈은 내리고 밤은 깊어만 가는데 술병은 몇 차례 더 밖으로 내보내지고 얼마 후 눈과 바람의 냉기를 품고 상으로 올라왔다. 어느 정도 취기가 오르자 J는 지난날을 상기했다. 말하지 않아도 알고 있는 지난날, 돌이켜보면 그녀도 나도 신나고 화려한 날들이었다. 젊었고 사업은 가속이 붙어 펄펄 날던 시절. 거래처 관계로 만나서 친구가 됐으니 서로의 사정을 잘 알 수밖에 없었다.

90년대 초 J는 한 달에 일억이란 큰돈을 벌어들였고 번 만큼 잘 쓰기도 했다. 그러면서 그녀는 소위 말하는 명품족이 되어 갔다. 하지만 날마다 장날은 아니었다. 우리가 투자했던 것들이 물거품처럼 사라졌고 수직으로 낙하하는 어지러움을 견뎌야 하는 처지가 되었다. 누가 더하다 할 것도 없이. 그래서 우린 더 가까워졌다.

뒤돌아보니 세월이라 불러도 좋을 만큼 시간이 흘러갔다. 밤은 깊어 가고 취기가 오를수록 그녀 목소리는 리드미컬해지면서 옥타브가 점점 올라갔다. 언제 끝이 날 줄 모르는 그녀의 음주 실력에 지쳐 적당히 힘들어질 무렵 슬쩍 물었다.

"보톡스를 적당히 맞지 그랬어?"

"뭐라고?"

두 눈이 튕겨 나올 정도로 정색하는 J. 울부짖다시피 다음 말을 이어 갔다. 아르바이트하는 식당의 이글거리는 불 앞에서 하루 12시간을 버텨 내기가 힘들어 부었다는 것이었다.

일이 힘드니 많이 먹게 돼 살이 찌기도 한다고. 순간 가슴이 서늘했다. 나도 그렇게 되지 않으리라는 보장이 없는데. 나의 경망스러운 판단이 미안했다.

여기저기 명품이라 일컬어지는 물건들이 라벨도 뜯지 않은 채 있었다. 그것들은 마치 추락한 자존심에 대한 자기 변론으로 보였다. 그래도 늦게나마 현실을 직시하고 힘겨운 삶을 살아내는 J의 용기가 눈물나도록 대견했다. 그 밤이 새도록 술을 마신들 그녀와 나의 잔인하기만 한 인생 문제들이 해결될 것은 아니었다.

다음 날 아침, 매서운 겨울바람에 눈이 날리고 있었다. J의 출근시간에 맞춰 같이 집을 나섰다. 비탈진 내리막길을 조심스레 내려가는 그녀의 뒷모습을 보며 나는 엉뚱하게도 머리부터 신발까지 차림새의 값을 계산하고 있었다. 명품 때문에 결정적으로 힘들어진 것은 아닐 텐데도.

옥상 엘리베이터 앞에 다다르자 금방 문이 닫혔다. 겨울 아침 산동네의 바람에 얼굴이 유난히 시렸다. 엘리베이터 문에 비친 내 얼굴에 나도 모르게 기겁을 했다. 술을 마시지도 못하니 지난밤 마신 술의 여독은 아닐 텐데. 부석해진 내 얼굴. 탄력이 돌아올 것 같지 않았다. J의 얼굴을 마주 볼 수가 없어서 고개를 떨구었다.

관광버스 체험기

수요일 오전 7시 출발. 내장산행 관광버스.

사우나에서 알게 된 아파트 앞 동 여인이 추천한 여행 날짜였다. 사람들과 어울려 볼 기회라 생각해서 승낙했지만 처음 타는 관광버스 분위기에 잘 적응할 수 있을지 의문이었다.

일찍 눈이 떠졌다. 아무것도 가져오지 말라 했어도 빈손으로 갈 수 없어 물과 과일을 가방에 넣고 약속 장소로 갔다. 일반 버스와는 달리 거대한 자줏빛 관광버스가 기다리고 있었다. 떡 벌어진 버스 화물칸에 여러 개의 박스를 비집고 꽤 큰 버너가 들어간 뒤 덜커덩 문이 닫혔다. 버스 앞좌석에도 몇 개의 박스와 종이컵이 사람 앉은키만큼 쌓여 좌석 한

자리를 차지하고 안전벨트까지 매고 있었다.

원색 등산복 차림의 여인들이 옷 색깔만큼이나 들뜬 모습으로 시간 맞춰 나타났고 버스는 곧 출발했다. 리더 격으로 보이는 여인이 출석을 부르고 나서 일정을 알려 주고 곧이어 아침 대용으로 콩 섞인 백설기 한 덩어리와 생수 한 병을 나누어 주었다. 맨 뒷좌석까지 떡과 생수가 전달되기도 전에 마이크를 잡은 여인.

"머스마는 씨에 쓸라 해도 없다."

여인이 너스레를 떨면서 사회자 역할을 했다. 마이크를 많이 잡아 본 솜씨였다.

서로 모르는 사람이 많으니 각자 소개하라 했다. 사는 곳과 이름을 말하는 정도였는데 흥분해서 들뜬 한 여인은 그 틈에도 장황하게 말을 했다. 남편이 여기까지 모셔다 줬다는 둥, 아들이 십만 원을 협찬했는데 자기가 오만 원은 떼어먹겠다는 둥, 자랑하는 여인이 마냥 행복해 보였다.

본인 소개가 끝나자마자 마이크를 잡은 여인은 버스 안에서 음주가무는 불법이라면서 창문 커튼을 닫으라고 지시했다. 그러더니 관광버스를 탔으면 이 정도는 놀아 줘야 한다면서 본보기를 보여 주기 시작했다. 음악이 터져 나오자 여인은 좁은 통로를 누비며 머리 따로, 허리 따로, 발 따로 제각기 흔들기 시작했다. 신체에 붙어 있는 부위별 살들도 제각기 떨고 있었다.

아! 저 춤이 관광버스 춤인가 보다. 본 적은 없지만 관광버스 춤의 진수가 아닐까 하는 감탄사가 절로 나왔다. 흥이 오르니 한두 명씩 통로로 나와 흔들기 시작했다. 통로는 금세 빈틈이 없었다. 각자 다른 스타일의 춤을 추고 있었지만 하나같이 팔이 천장을 향해 있었다. 한참 뒤에야 통로가 좁아서 팔을 들고 출 수밖에 없다는 것을 알았다.

춤의 열기가 좀 식은 듯하자 그녀가 또 노래를 선창하기 시작했다. 어디에서도 들어 본 적 없는 야한 노래를 불렀는데, 제목이 배꼽동서라나 뭐라나. 모두 깔깔거리며 웃는데 정말 재미있다는 표정들이었다. 여자끼리니 더 거칠 것이 없어 보였다.

이른 아침인데도 벌써 흥에 겨워 모두 신나게 즐기고 있었다. 분위기 흐름을 대강 파악한 나는 맨 뒷자리로 피신해 눈에 띄지 않는 게 상책이란 판단을 했다. 그렇게 오전 시간은 무사히 지나갔다.

내장산 근처 마을에 차가 서자 점심을 하기 시작했다. 짐칸에서 박스들과 함께 대형 버너가 나오더니 군대 취사반에서나 봄직한 큰 양은 들통이 올려졌다. 여러 개 봉지 속엣것들을 쏟아붓더니 뻘건 육개장이 되었다. 사람도 많지만 음식 종류도 양도 넘쳐났다.

 신나게 먹고 마셨으니 식곤증에 널브러진 사람, 무릎이 안 좋다는 사람, 이유 없이 가고 싶지 않다는 사람을 빼고 나니 산에 올라갈 사람은 사십 명 중에 서너 명뿐이었다. 대다수가 버스 안에서의 여흥에만 관심 있는 듯했다. 상황이 이쯤 되면 산행을 포기하고 다시 버스에 오를 수밖에 도리가 없어 보였다.

 돌아오는 관광버스 안. 지친 기색이 전혀 없는 그 배꼽동서 여인이 또 마이크를 잡았다. 두 여인이 술과 안주를 들고 통로를 누비며 누구에게나 음주를 강요하니 마시지 않고는 못 배길 분위기였다. 그런 분위기에 하나둘 일어나 춤을 추기 시작했다. 어떤 여인이 얼굴이 벌게가지고 내 앞으로 왔다. 멀대같이 앉아 있는 내 모습이 한심했는지 곱지 않은 얼굴로 물었다.

 "언니는 왜 왔어?"

 분위기에 맞춰 신나게 놀지도 못하면서 왜 왔냐는 얘기였다.

 '그러게 말이다. 나도 내가 왜 왔는지 모르겠다'고 생각하는 순간, 여지없이 술잔을 코밑에 들이댔다. 배꼽동서 같은 노래에 맞춰 통로를 누비지는 못할망정 술이라도 마셔야 예의가 아닐까 싶어 받아 마셨다.

벌겋게 달아오른 내 얼굴은 아침부터 마셔 댄 몇 여인에겐 조롱감이었다. 후끈후끈 달아오르는 얼굴과 자주 뛰는 심장이 나를 힘들게 했다. 그렇게 관광버스 체험의 한 관문이 지나갔나 했는데, 다음은 노래방 순서란다.

그것마저 거절하면 중간에 내려놓겠다고 으름장을 놓아서 노래라고 부르긴 불렀는데 바라보는 시선들이 예사롭지 않았다. '섬마을 선생', '나이트클럽에서', '봉선화 연정', '울고 넘는 박달재' 같은 노래는 분위기에 맞게 흥이 나는 노래지만 내가 부를 수 있는 노래는 없었다.

어쩔 수 없이 선택한 것은 이광조의 '사랑을 잃어버린 나.'

내가 생각해도 한대 쥐어박고 싶은, 분위기 깨는 노래였다. 예상대로 싸늘한 반응이었다. 강제로 부르라고 해서 할 수 없이 불렀지만, 그래도 싸늘한 반응은 무안하기도 하고 억울하기도 했다.

해가 지고 밤이 되어도 광란의 정도는 높아만 갔다. 낮에 단속에 걸릴까 봐 중간중간 쉬었던 걸 보상이라도 받으려는 듯 무한질주였다. 폭발 물질을 실은 버스가 달려가는 것 같았다. 에너지가 바닥났을 거라고 점찍은 몇몇 여인들이 통로에서 안 보이는가 싶으면 어느 결인가 풍선인형처럼 일어서서 춤을 추곤 했다. 밤새도록 달린다 해도 멈출 것 같지 않았는데, 버스기사가 다 와 간다고 짧게 한마디 하자 그렇게 자지러지던 분위기가 언제 그랬냐는 듯 수그러들었다.

커튼은 젖혀지고 여기저기서 가방을 챙기기 시작했다. 내 가방에는 생수와 과일이 그대로 있었다. 넋이 나가 가방에 그런 것들이 있었는지조차 생각나지 않았다. 귓속에서 윙 하는 소리가 들리고 다리는 휘청거렸다. 놀이공원에서 청룡열차를 타고 내렸을 때 느낌이 그럴까. 인사는커녕 뒤도 돌아보지 않고 내달려 와선 누가 아무리 꼬드겨도 다시는 가지 않으리라 굳게 다짐했다.

그때 했던 다짐은 쓸데없는 기우였다. 몇 년이 지나갔는데도 그날 이후 누구 하나 오라는 사람이 없었다.

갱년기 자화상

지금이라도 운명 같은 남자를 만나 멋진 사랑 한 번 해 보고 싶다고 너스레를 떠는 낭만 여사. 바닥이 보이는 엉뚱한 얘기. 답변은 No보다 더한 비참한 대꾸였다. 이젠 거리에서 길을 물어보는 사람도 없는데 주제를 알라고. 그렇게 묵살해도 그녀 또한 아무런 자극도 받지 않는다.

늙어 가는 여인들의 모임에서였다. 말이라도 한번 해 봤다며 남다른 감성이 있어서라고 평가해 달라는 그녀. 길게 설명하지 않아도 별명이 '낭만 여사'여서 모두 그러려니 했다. 그녀는 요즘 목소리도 더 굵어지고 동작도 커지면서 남자처럼 변해 가고 있었다.

갱년기를 혹독하게 치른 L여인이 말했다.

"그렇게 사리 분명하고 도덕 선생 같은 박 여사도 눈 오니까 반팔 입고 뛰어나가 길거리를 박박 쓸더라."

표현 방법이 다를 뿐 갱년기 증상에 속이 얼마나 끓어오르면 엄동설한에 반팔 티셔츠였겠냐는 얘기였다.

맹한 구석이 있는 J여인은 그 말에 눈을 똥그랗게 뜨고 물었다.

"이 여사가 왜 반팔 입고 눈을 쓸었어?"

그녀의 질문에 모두 자다 봉창 두드린다는 표정으로 바라봤다. 누구도 구태여 이해시키려 하지 않았다. 다섯 여인 중에 젤 팔자 편한 여인. 언제나 진도를 못 맞추곤 했다. 그런데도 희한한 건 그녀의 갱년기는 누구도 따라갈 수 없이 대단했다는 것이다. 갱년기는 나이 든 여자에게 무차별 오는 현상인지, 질환인지. 갱년기 증상은 개인차가 있긴 해도 보통은 크게 다르지 않은데, 그녀는 얼토당토않은 이유로 흥분하면 제풀에 꺾이지 않고는 말릴 수 없었다고 한다. 남편이 여왕 모시듯 해서 기고만장했을 거라는 지인들의 진단이었다. 그녀의 갱년기는 늙은 어리광이었는지도 모르겠다.

K여인은 자존감이 떨어져 하염없이 침몰되어 가는 느낌이 든다고 했다. 모든 것을 내려놓고 훌쩍 떠나고 싶은 충동이 생긴다고도 했다. 남대문시장을 헤매다가 수입상점에서

작고 예쁜 일제 밥통을 샀는데 왜 샀는지 모르겠다는 얘기도 했다. 빨강색에 끌려서, 혼자 있고 싶어서, 아님 젊은 날 자취 생활이 그리워서… 분분한 의견이 있었다. 정작 본인이 그 이유를 모른다 하니 남이 어찌 알까. 벌써 일 년 전 얘기이고 빨간 밥통은 지금 어디에 박혀 있는지 기억도 안 난다면서 누굴 줬는지, 이사라도 가야 나올지 모르겠다며 쓸쓸한 표정이었다.

그렇듯 애매한 증상으로 힘들어하며 여인들은 병원 처방약에 건강보조식품을 보통 대여섯 가지씩 복용하고 있었다.

갱년기 증상 중에는 피해의식도 있는 걸까. 가해자의 1순위는 세월이 아니고 남편이었다.

하루 세 끼 밥 차려줘야 하는 남편으로 화살이 향했다. 자상하게 잘해 줘도 좁쌀영감 같고, 눈치 없으면 간이 배 밖으로 나온 것이고, 베란다나 손바닥같이 작은 화단에 쪼그리고 앉아 꽃 가꾸는 남편 뒷꼭지도 예뻐 보이지 않는다고. 분위기상 아직 현직에 있는 남편은 점수 받을 만하니 빠져 줘야 하는 순간이었다.

이래도 저래도 작아져만 가는 남편들을 실컷 성토하고 나더니 갑자기 반성 모드로 바뀌기 시작했다. 여인들은 갱년기를 빙자하여 남편에게 반란과 횡포를 저질렀다고 자인하는 분위기였다. 남자라는 이유로 늙어도 사나이다워야 하는 걸까. 묵묵히 참고 표현하지 않는 것은 가상하다고 인정하고 있었다. 이젠 측은지심으로 살아야 한다는 것을 잘 알고 있는 것이다.

한 여인이 쪼그라져 가는 남편들을 위해 건배 제의를 했다.

"불쌍한 오빠들을 위하여!"

언젠가부터 세상 남자들은 호적과 관계없이 오빠가 되었고, 늙어 가는 여인들의 남편도 오빠로 싸잡혀 가고 있었다. 남자에게도 갱년기가 있다는데 여자들의 전유물인 듯 인정하려 하지 않는다는 것, 그것도 알고 있다는 건배사였다.

그날 밤 이렇게 써 봤다.

세월이 그려 준 그림으로

소리 없이 늙어 가는 남자는

작아지는 모습처럼 작은 꽃을 정원에 심고

안개 속에 맺혀 있는 작은 물방울을 끌어모아

가까스로 꽃을 틔웁니다.

뒤돌아간 시간 속에선

태양의 구릿빛으로 거목을 만들었던 그 남자

토 달지 않고 사랑합니다.

권력에서 멀어진 남자

고향으로 가는 버스를 탔다. 초등학교 50주년 동창회에 가는 길이다. 작은 시골 학교여서일까. 30년 장기 집권했던 회장 능력 때문이었을까. 때마다 잘 뭉치는 모범적인 동창 모임. 백발과 흰 수염을 휘날리는 새 회장 아우라도 만만치 않으니 아마도 우리 동창 모임은 쭉 이어갈 것이다.

자주 만나서인지 스스럼없는 대화가 오갔다.

대기업에 다니다 2년 전 퇴직한 친구는 웃으며 말을 했지만 섭섭한 기색이 역력했다. 집도 차도 모두 아내 명의로 되어 있다는 것이다. 친구가 30년 직장 생활하는 동안 아내는 집안 경제를 관리했다. 그러면서 부동산은 물론 유체동산

및 현금도 자신의 것으로 해놓아 자연스럽게 실권자가 된 셈이다.

퇴직하고 처음엔 좋았다고 한다. 하지만 아내의 극진한 대우도 몇 달 만에 막을 내리자 그 후 집에서 할 일이 뭔지 모르겠다는 것이다.

문득 텔레비전에서 본 어느 모범수가 떠올랐다. 십 년 만의 외출. 그런데 그는 운동화 끈을 묶지 못했다. 손재주가 좋아 목공일은 잘 하면서도 십 년 동안 끈이란 것을 보지 못했으니 묶는 것을 잊은 것이다. 쓰지 않으면 퇴화한다는 사실이 충격이었다.

집안일을 해 본 적이 없으니 앞으로도 크게 나아질 것 같지 않았다. 아직은 그런대로 큰소리를 내지만 오래갈 것 같지 않은 기운을 느끼고 있는 듯했다. 현직에 있을 때라야 빛이 나고 그건 힘이었다. 하지만 돈은 열심히 벌었지만 관리에 참여하지 않았고 소홀했던 대가로 그는 아내에게서 권력을 찬탈당하고 말았다. 권위는 점점 약화되어 갈 것이다. 대놓고 냉정한 말을 하진 않았지만 물끄러미 바라보며 빙긋이 웃는 친구가 있었다. '너도 당해 봐라' 하는 표정.

돈이 힘인 것은 누구나 공감했다. 아내가 쥐고 흔드는 돈의 위력에 작아지는 기분을 공감하는 분위기였다. 그러나

평화가 깨질까 봐 불편해도 참고 살겠다는데 권력의 환수를 꿈꾸는 친구가 있었다. 특이한 케이스였다. 반란을 일으켜서라도 찾겠다는 비장한 각오였다. 남편은 안중에 없고 다큰 자식에게만 끝없이 쏟아붓는 아내를 막아 보겠다는 이유였다. 성공해서 혁명이 되어야 할 케이스인데….

그중 느긋한 친구가 있었다. 아내에게 생활비를 주되 돈 관리는 자기가 하고 있었다. 여유가 있으니 때때로 애정 표현도 잘하는 것 같았다. 주말에 남쪽으로 가겠다며 맛집을 검색하고 있었다. 표현이라는 것이 무엇인가. 맨손으로 되는 것은 아닐 테지. 눈치는 안 보고 살아야 할 것 아니냐는 득의만만한 표정. 가족이나 친구에게 밥값을 주저하지 않는다는 친구가 현명해 보였다.

힘을 말하면 생각나는 사람이 있다. 어느 정권의 동아줄을 잡고 투명인간처럼 제도권 밖에서 인사 문제로 이권을 챙기던 사람. 전화 한 통화로 높은 직위에 있는 공직자가 한밤중에 달려오는 현상이 실제 이루어지고 있었다. 주위에서 정권이 소멸되기 전에 챙겨야 한다는 노골적인 분위기에 멀쩡한 사람도 부화뇌동하고 있었다. 내게 콩고물이라도 떨어질까 했지만 어느 순간 아니다 싶었다. 결정적인 순간에 아버지가 내게 심어 준 바른 생각이 작용했던 걸까.

정권이 끝나고 쫓기는 신세가 된 그가 나를 찾아왔다. 예전엔 감히 정면에서 바라볼 수도 없었는데, 가까이서 보니 낯선 느낌이었다. 밥을 사 줘야 할 것만 같았다. 내가 짓고 있던 건물의 분양권을 달라는 부탁을 들어주고 싶었지만 그렇게 하지 않았다. 그런 내가 냉정하게 느껴졌을까. 자기 인생을 한 구절로 요약하고 그는 돌아갔다.

"권력 가까이 있으면 타 죽고 멀리 있으면 얼어 죽는다."

그때는 불에 데었고 지금은 얼었는지 알 수는 없지만 권력이 무상하다는 말을 실감했다. 부정한 권력이란 더욱.

어느 관계에도 권력은 있다. 거창한 관계에서만 성립되는 것이 아닐 텐데 육십 중반의 남자 친구들은 권력이란 단어에 민감했다. 자신도 모르는 사이 아내는 '갑'이요 자신은 '을'이 되었다는 걸 인정하고 싶지 않은 것이리라. 을의 표정을 확인하려는 여자 친구들 앞에서 입은 웃고 있었지만 눈빛은 흔들렸다.

그렇다면 아들이 나이 들어 지금 노년의 남자들처럼 살게 된다면 어떨까. 남자도 여자도 그건 아니라고 고개를 젓는다.

여자는 액션이 큰 남자를 좋아한다. 그러나 그들은 이제 그럴 힘이 없다. 고로 매력이 없다. 그렇다면 너무 오래 가정 경제를 아내에게 맡기고 방임하지는 않았는가. 돈의 힘으로 늙어 가는 남편을 초라하게 하는 아내를 때로 한방 날리고 싶도록 밉지는 않는가.

한국 남성에게, 특히 아들에게 고하노니 관리 능력을 퇴화시키지 마라. 가정 경제의 전권을 아내한테 주었다 해서 꼭 옳은 방법은 아니다. 많은 사람들이 그런다고 휩쓸리지 말고 노년을 위한 일부 자금을 공식적으로 확보해서 궁상맞은 남편이 되지 않도록 미리미리 준비해야 한다. 궁상맞은 남편, 힘없는 아버지를 무시하는 아내와 아들인들 마음이 편하겠는가. 세상을 휘두르는 데 힘 다 쓰지 말고, 가정으로 돌아왔을 때를 위해 조금은 남겨두어야 할 것이다. 권력으로부터 멀어지면 얼어 죽는다는 말을 명심해야 할 것이다.

세상의 관계가 30년 장기 집권해도 별 문제 없었던 동창 모임처럼 흘러가는 세상이면 좋으련만 그렇지 않아서 말이다.

하루에 여섯 번 밥 먹는 여자

37년 만에 고향 친구를 만나게 되었다. 몇십 년 운전을 했어도 면허시험 볼 때나 별로 나아지지 않은 실력으로 처음 시 경계를 벗어났다. 안산시에서 시흥시로.

자두만 한 빗방울을 헤치고 장하게 친구 집을 찾아갔던 때는 가을로 접어드는 여름 장마의 끝자락. 지금 생각해 봐도 그날의 운전 실력은 다시 재생되지 않을 불가사의한 능력이었다. 친구를 찾았다는 기쁜 마음이었기에 가능한 일이었을 것이다.

유난히 가냘프고 피부가 하얘서 인형 같았던 친구. 반갑게 현관문을 여는 친구 모습에 내 시선이 순간 뒤뚱거렸다. 기억상실증에 걸린 것처럼 일면식도 없는 여인을 보는 것 같았기 때문이다. 그러다 차 한 잔 마시는 사이 예뻤던 모습이 희미하게 되살아났다.

친구는 마치 첫사랑 이야기를 하고 싶어 날 찾았다는 듯 말문을 텄다. 절정에 이르기도 전에 상기된 그녀의 표정으로 봐서 소설 한 편이 되지 않을까 생각했다. 하지만 내용은 별것이 아니었다. 한 방에서 공부를 해도 털끝도 안 건드렸다는, 뭐 그런 얘기. 군대라는 어쩌지 못하는 현실 때문에 헤어져야만 했던 사연. 그래도 알퐁스 도데의 '별'이나 황순원의 '소나기' 주인공처럼 순수하면서도 아름다운 사랑이라고 평가해 주고 싶은 것은 친구의 애절하고도 슬픈 표정 때문이었다.

이루지 못해 더 낭만적이고 슬픈 사랑 얘기는 영화나 소설에서 무수히 간접 체험을 했다. 그래서인지 웬만해선 신선하지 않다. 하지만 친구의 사연은 몇십 년이 지났어도 엊그제 일처럼 싱싱한 감정을 그대로 간직하고 있으니 자칫 마음의 병으로 남아 있는 것은 아닐까 걱정스러웠다. 친구는 가을이 되면 첫사랑의 아픔으로 영화를 보고 여행을 하지 않고는 도저히 가을을 보낼 수 없다 했다. 아직도 그렇다는데 도와주고 싶었다. 우선 영화 감상에, 다음 순서로는 여행 프로젝트를 야심차게 계획했다.

딸을 유학 보내서 더 우울했던 걸까. 눈물을 거두고 기분이 한결 좋아진 친구는 밥을 해 주겠노라 했다. 빠른 시간에 밥은 차려졌고 실히 이만 원짜리 한정식은 되어 보였다.

풍성하게 차려진 식탁에 앉자마자 밥그릇을 보고 놀라지 않을 수 없었다. 머슴밥이라는 게 그 밥을 두고 한 말인가 싶었다.

좀 덜어야겠다는 말을 하자 밥이 담긴 냉면 그릇만 한 양푼을 내밀었다. 내 밥의 절반 이상을 덜었다. 그러자 친구는 그 양푼밥을 앞에 놓고 앉았다. 덜어서 먹겠거니 했는데 웬일인가. 그 양푼밥을 그대로 먹기 시작했다.

나는 속으로 저걸 다 먹으려는 걸까, 하면서도 물어볼 수가 없었다. 눈치를 보니 다 먹을 기세였다. 내 나름대로 알량한 배려심이 발동하여 속도에 신경이 쓰였다. 천천히 보조 맞추랴 눈치 보랴 식사가 아니라 고된 노동이 되고 말았다.

친구가 눈치를 챘는지 한마디 했다.

"애, 난 밥을 많이 먹어."

그래도 그 밥을 다 먹을 수는 없겠지. 그러나 나의 예상은 벗어나고 있었다. 끝내 다 해치워 버린 것이다.

이어지는 친구의 말.

"나는 하루에 여섯 번 밥을 먹어야 해."

새벽에 수영가기 전. 갔다 와서. 열한 시. 두세 시쯤. 저녁 여섯시. 잠자기 전.

충격적이었다. 그 말을 입증이라도 하듯 냉장고 다섯 개가 당당하게 주방, 베란다에 서 있었다.

그렇다면 여섯 번 먹은 밥은 다 어디로 간단 말인가. 몸무게는? 놀랍고 신기해서 낮은 목소리로 물었다. 나의 조심스런 질문에 비해 그녀의 대답은 간단했다.

"42kg."

여섯 번 먹는 대신 화장실도 여섯 번을 가야 하고, 매번 변기 물을 두 번 내려야 한다는 말이 믿어지지 않았다. 연약한 체구로 보아 피치 못할 병고가 있을 것만 같았다.

자꾸 묻는 것이 좀 그랬지만 묻지 않을 수 없었다. 병원에는 가봤느냐고. 다행인지 아무런 이상은 없다는데 차라리 병이어서 고치는 게 낫지 않을까, 납득이 되지 않았다.

그런데다 일주일에 두 번 떡을 하는데 쌀은 시골에서 보내온다 했다. 간식으로 또 떡을 먹는다는 얘기 아닌가. 그러고 보니 쌀이 동네 슈퍼마켓에서 팔려고 진열해 놓은 만큼 있었다. 80kg은 비축이 돼 있어야 한다고 했다.

머릿속이 혼란스러워 정리가 잘 안 되는 상황에 아까 못다 했는지 첫사랑 얘기를 또 꺼냈다. 나의 머릿속은 자꾸만 아까 양푼밥하고 두 번이나 내려야 하는 변기가 떠올라 친구의 첫사랑 색깔이 자꾸만 누런색으로 그려졌다. 차라리 몰랐으면 그녀의 첫사랑도 뽀얗게 그렸을 텐데, 사실을 알게 된 것이 살짝 시련이란 생각을 했다.

한편으로 생각하니 그럴 것도 없었다. 그렇게 많이 먹고도 날씬하니 축복 받은 것 아닌가. 사실 먹는 것만큼 즐거운 일이 있을까. 먹고 싶은 대로 먹고도 아무 탈이 없다는 친구에게 그런 복은 세상에 흔치 않다며 목청껏 소리 높여 칭찬하고 다음 순서로 영화를 보러 가기로 했다.

영화 내용이 중요한 것은 아니었다. 무조건 영화를 봐야 한다는 이유로 극장에 가니 '바람난 가족'이란 영화밖에 없었다. 친구는 극장 앞에서 뻥튀기 봉지처럼 큰 막과자 한 봉지를 사들었다. 영화가 시작되면서 오도독오도독 먹기 시작하는데 주위 사람들이 신경 쓰였다. 배우 문소리와 봉태규의 상당히 자극적인 베드 신이 나와도 끊임없이 소리를 내며 씹고 있었다.

괴성과 광란의 순간이 지나고 영화는 끝이 났다. 밝은 빛이 들어온 순간 난 놀라지 않을 수 없었다. 그 큰 봉지가 빈 봉지였던 것이다. 난 한 개도 안 먹었는데…. 게다가 친구가 확 깨는 질문을 했다.

"아까 걔네들 왜 소리 지르고 울었어?"

뒤통수 한 방 얻어맞은 기분이 그럴까. 로맨틱한 감성이 넘치던 친구의 질문치고는 좀 말이 안 된다 싶었다. 아이도 둘이나 낳고, 살아온 연륜이 얼마인데. 가을마다 본 영화가 '홍해가 갈라지다'나 '서쪽으로 간 달마' 아니면 '못 말리는 짱구'였을까. 엉뚱한 질문에 짜증 같은 것이 올라왔지만 분명 내숭은 아닌 것 같았다.

그 후로 여러 번의 가을이 지나갔다. 반가운 마음만큼 몇 십 년의 간격이 쉽게 좁혀지지 않았다. 영화는 그때가 처음이자 마지막이었고 여행도 가지 못했다. 사실 나보다 더 바빠서 내가 비집고 들어갈 틈도 없어 보였다. 전화할 때마다 새로운 것에 도전하고 있다는 말에 안심이 된다. 최근에 해외여행 중 말이 통하지 않아 불이익을 당했다면서 영어회화를 시작했고, 자기 몸보다 큰 첼로를 십여 년째 연마하고 있다. 청소년 상담사 활동도 잘 하고 있다.

가끔 전화로 건강을 묻곤 한다. 말하진 않았지만 왠지 심신이 건강하지 않을 것만 같아 걱정이 돼서다. 지금까지 아무 이상 없이 날씬한 몸으로 잘 살고 있다는 보고다.

양푼밥도 달라진 것이 없다고 한다. 그것은 첫사랑의 후유증이거나 체질이라고 이해를 한다지만, 영화는 과자 먹느라 이해를 못했던 것인지 지금도 알 수가 없다. 세상에 이해 못할 일은 많고도 많으니 순백 같은 첫사랑을 간직한 순진한 사람이어서 그랬을 거라고….

그러나 친구를 생각하면 그 질문이 끈질기게 나를 석연치 않게 한다.

그렇다 한들 시원할 것도 없었다

S와의 약속 장소는 고급 술집. 음주 실력이 제로인 나로선 의외였다. 술집에 들어서니 조명 탓인지 야윈 듯한 그녀가 예뻐 보여서 갖추지 않고 나간 내 모습이 신경 쓰였다. 내가 자리에 앉자마자 그녀는 발렌타인 30년 어쩌고 하는 양주를 주문했다. 그 술값을 모른다면 모를까, 객기라고 볼 수밖에 없었다.

그 값이면 옷을 몇 벌 사겠다는 계산만 머릿속에 동동 떠다닐 뿐. 대작할 수 없는 나는 눈치 없이 안주로 나온 과일만 보였다. 살이 더 찌면 볼품없어질 것 같은 마담이 얼음에 술을 희석해서 작은 잔에 옮기려 하자 그녀는 그럴 필요 없다며 단숨에 들이켰다. 그렇게 서너 잔을 스트레이트로 마셨다.

어느 순간부터 그녀는 눈을 허옇게 뜨고 있었다. 상당히 취한 것 같았다. 무슨 일이 생겼다는 생각이 들었다. 내가 이유를 묻자마자 남편에게 여자가 생겼다는 말과 함께 무너지기 시작했다. 그녀의 남편은 일 때문에 알고 있는 성실한 공직자였는데 믿어지지 않았다.

상대 여자는 그녀의 친구. 마치 근친상간이라도 되는 듯 분노했다. 그녀가 더 열받는 것은 객관적으로 봐도 그 여자의 프로필이 월등하다는 것이었다. 두 남녀의 불은 쉽사리 꺼질 불이 아닐 것만 같은 예감이 들었다.

미모와 재력을 갖춰서인지 거칠 것 없던 자존심은 어디로 가고 노랠 부르겠다며 비틀거리며 일어섰다. 취중에도 비싼 술을 마신 보상심리인지 굳이 주인을 불렀다.

풍문으로 들었던 그녀의 주사가 나올 것만 같아 불안했다. 취한 정도에 비해 제법 부르는가 싶더니 '미련 때문에 난 울고 말았다오' 하는 대목에서 급기야 온몸으로 오열하기 시작했다. 울고 토하기를 반복했다. 처음 보는 모습에 난 적잖이 당황했다.

그 마음을 이해는 하겠지만 혼자서는 감당할 수 없었다. 그녀의 아들에게 전화를 했다. 농구선수 같은 고등학생 두 아들이 나타나더니 2인 1조가 되어 순식간에 상황을 종료

시켰다. 마치 생산라인의 단순한 공정인 듯 빠르고 깔끔하게. 두 아들은 숙련공이었다. 나는 엄마를 업고 가는 그녀의 아들한테 왠지 미안했다.

그 후로도 숱하게 불려 다녔다. 아무리 궁리해도 그녀를 도울 수 있는 말도 역할도 없었다. 단지 기어들어가는 목소리로 한마디 할 뿐이었다.

"시간이 해결해 줄 거야. 늙으면 제 발로 찾아오겠지."

그렇다면 늙을 때까지가 문제이지 않는가. 나라면 어떻게 할 것인가. 남의 일이라서 감정이입이 되지 않아 너그러운 척하는 내가 미안할 뿐이었다.

급기야 그녀는 남편을 매장시키겠다며 직장으로 향할 태세였다. 열받은 소가 투우사를 향하여 돌진하듯 코로 입으로 뜨거운 김을 내뿜었다. 이미 모든 각오가 돼 있는 눈빛이었다. 당사자가 아닌 나는 이성적일 수밖에 없었다.

"잘나가는 공기업인데 짤리면 안 되지."

최선을 다해 말렸다. 두 번 하라면 정말 못할 노릇이었다.

다른 의욕도 반감되는 긴 여름이 끝나가고 있었다. 그 여름을 어찌 보냈을까, 그녀가 안타까웠지만 기여한 바가 조금도 없다는 자책으로 뜸하게 볼 수밖에 없었다.

미안한 마음으로 그녀를 찾았을 때 나는 단박에 달라진

그녀를 느낄 수 있었다. 십 년을 되돌린 듯한 의상과 질끈 동여맸던 머리칼이 어깨 위에서 갈색 웨이브로 흘러내리고 있었다. 변화의 이유를 묻기엔 통념상 그리 내세울 얘기가 아닐 성싶었다. 직감이었다. 그녀의 표현대로라면 맞불작전이었다. 급발진 같은 그녀의 변화. 상대에 대해선 길게 듣고 싶지 않았다. 그런 용기와 순발력은 어디에서 기인했는지 충격이었다. 취하면 하늘이 지폐 한 장처럼 보인다는 술의 힘이었을까. 아니면 그녀보다 몇 년 더 산 내가 구닥다리인가.

나는 그녀에 대한 동정심은 간데없고 본능적인 방어로 머리가 쭈뼛했다. 그녀와 제법 긴 시간 가깝게 지냈다는 사실 때문이었다. 어찌 나만 아는 사실이었을까. 주변 사람들이 수군거리는 소리가 들리는 것 같았다. 페미니스트가 되어 남자의 바람에 대해 흥분했던 건 복수전도 맞바람도 아니었는데. 하지만 그녀가 구체적인 행동으로 옮기기 전엔 나도 맞불을 질러야 한다고 생각했는지도 모르겠다.

어떤 남녀 관계가 형편없는 문장이라고 가정했을 때 첨삭도 편집도 안 된다는 것을 잘 알면서도 나는 또 꼰대였다. 그만큼 했으면 상쇄하라는 내 말에 그녀의 볼멘 한마디.

"됐고요."

쇠귀에 경이 읽히든 말든 나는 하려던 말을 마저 했다.

"원인 제공이라고 말하고 싶어? 주고받았으니 비수는 그만 갈아. 그리고 적당히 하고 제자리로 돌아와."

그녀가 궤도에서 이탈하지는 않을 것이라고 믿고 싶었다. 두 아들의 엄마니까.

힘들 때 내게 기댔다면 나도 그만큼 했으면 됐다고, 조금은 홀가분할 줄 알았다. 그러나 분명 홀가분해질 수 없는 문제였다. '사생활'이라고 세 음절만 말하면 더이상 토 달지 않는 요즘. 그래도 여자는 그러면 안 되지. 그럴까? 아니다. 여자들에겐 고소한 얘기다. 굳이 여자들이 일방적으로 당하던 시대의 케케묵은 얘기를 곁들이지 않아도 말이다. 오히려 되로 주고 말로 받을 분위기임을 남자들은 알겠지. 특히 그녀의 남편은.

내내 마음이 오락가락했다. 그런데 부적절한 관계와 복수가 난무하다 감당 안 되면 외국으로 떠나는 아침 드라마 같은 현실 얘기가 얼마 전에 들려왔다. 그녀는 말로 주고 떠났다고 했다. 남편이 삐걱거려도 제자리로 돌아올 때까지 눈물로 기다리는 시대가 아닌 현실을 가까이서 보았지만, 그렇다 한들 시원할 것도 없었다.

두더지에게 지다

올해 김장은 자급자족하기로 야심찬 계획을 세웠다. 배추와 무를 비롯해 김장에 필요한 것들을 심었다. 워낙 정성을 들인지라 잘 자라 주었다. 날씨가 서늘해지면서부터 속이 차기 시작한 배추는 마치 장미 꽃봉오리 같았다. 새벽이슬이 내린 배추를 보며 나는 속으로 읊조렸다.

'배추가 나에게로 와서 꽃이 되었노라.'

파, 무, 갓 모두 내 눈엔 꽃처럼 보였고 나날이 새로웠다. 진즉 그 보람을 알지 못했던 게 아쉬울 뿐이었다. 날마다 로컬 푸드 마켓에 가는 기분.

부추를 자를 참이었다. 옆을 보니 '추' 자로 배열했던 배추가 왠지 맥이 빠진 것 같았다. 사람도 컨디션이 좋지 않고 아플 때도 있으려니 하면서 다음 날 보니 몇 포기가 완전히 시들어 소생할 것 같지 않았다. 부추, 갓 심은 자리는 땅굴 파는 기계가 지나간 듯했다. 옆 밭에서 보더니 두더지의 소행이라 했다.

두더지를 본 지가 언제더라. 어렸을 때 본 두더지는 쥐처럼 얄밉지 않고 귀여웠다. 눈은 거의 없고 납작한 몸통에 까만 털이 반지르르했다. 마치 손처럼 보이는 하얀 발가락이 뜬금없어 보였다. 몸에 비해 앞발은 컸지만 뒷발과 꽁지는 보일 듯 말 듯 아주 작았다. 땅굴을 파기 위한 몸으로 진화되었으리라. 노끈으로 묶어 장난감처럼 끌고 다니던 애도 있었다.

그렇지만 이제 두더지는 귀여운 장난감이 아니었다. 무방비 상태인 내게 선공을 날린 것이었다.

다른 밭에 뿌린 제초제를 피해 두더지가 우리 밭으로 온 것 같았다. 약을 뿌리지 않아 지렁이가 많은 우리 밭은 자고 나면 빵 반죽처럼 부풀어 있었다. 솟은 곳을 숱하게 뿅 망치로 내리쳐도 맞지 않았다. 계속 자극을 하면 도망 갈 거라 생각했다. 심은 지 얼마 되지 않는 총각무와 시금치는 완전히 초토화였다. 어리거나 뿌리가 깊지 않은 것들은 가망이 없었다.

날마다 보람은커녕 분노 게이지가 높아만 갔다. 화가 치밀어 아무것도 손에 잡히지 않고 뒤숭숭했다. 얼마 전 도지세로 3만 몇천 원 낸 것도 화가 났다. 열 평도 안 되는 시유지는 내 땅에 붙어 있는 쓸모없는 땅이다. 그야말로 시래기 말려 놓은 것처럼 길쭉하기만 한 것이 그대로 두면 쓰레기만 쌓일 땅이다. 그런데도 언제 보고 갔는지 세금이 부과된 것이다. 세금고지서를 받아들고 헛웃음이 나왔다.

"잘 보이지도 않는 땅, 신속하기도 하여라."

"귀신은 속여도 세금은 못 속이네."

"나라가 세금 뜯을 궁리만 하는가."

이웃 사람들도 한 마디씩 거들면서 웃었다. 그랬을망정 사용하고 있으니 애국하는 자세로 불만은 없었다. 꽃처럼 예쁜 채소를 보는 것만으로도 뿌듯한데 더 내라 해도 내야지 했던 내 마음이 돌변했다. 세금도 두더지처럼 얄미웠다.

땅에 굴을 판다는 것은 분단된 나라에 사는 우리에겐 섬뜩한 일이다. 땅굴, 소리만 들어도 기분이 나쁜데 예전에도 두더지가 방에 구멍을 뚫으면 좋지 않은 징조라고 했다.

생각이 거기에 미치자 마음이 급해졌다. 노아의 홍수처럼 물을 퍼부었다. 방주를 만들어 숨어 버렸는지 홍수가 끝나면 다시 땅굴이 시작됐다. 냄새에 민감하다 해서 고등어 토막을 요소마다 놓았다. 효과가 없었다. 소리에 민감하다는 정보를 듣고 막대기를 꽂고 비닐봉지를 묶어 두었다. 허사였다. 할 수 있는 일이란 들뜬 흙을 보리밭 밟듯 밟아 주는 것뿐이었다.

나의 꽃들은 밟히고 시들어 갔지만 뾰족한 수가 없었다. 지상전이면 모를까, 무저갱인 것만 같아 포기해야만 할 것 같다.

설화도 있듯 두더지는 대단한 녀석이다.

두더지가 해님에게 청혼을 했는데, 해님은 구름이 나를 가리니 나는 구름만 못하다고 하였다. 두더지가 구름에게 청혼을 하자, 구름은 바람이 나를 흩어지게 하니 나는 바람만 못하다고 했다. 두더지가 다시 바람에게 청혼하자, 바람은 돌부처를 쓰러뜨리지 못한다고 했다. 두더지의 청혼을 받은 돌부처가 두더지가 내 발 아래를 파헤치면 나는 넘어질 수밖에 없으니 두더지가 가장 위대하다고 했다. 두더지는 비로소 자신들이 천하에서 제일 훌륭한 존재임을 깨닫고 결국 두더지와 혼인했다는 이야기다.

돌부처까지 인정한 두더지 실력을 내가 어찌할 수 있을까. 성질대로라면 엎어 버리고 싶었지만 그러기엔 남아 있는 것들에 미련이 있었다. 아직도 잡지 못했으니 상황은 더 나빠질 것이다.

　내 인내를 시험하는 두더지와의 게임은 녀석의 선처가 있지 않고는 질 것이 뻔하다. 전문 농사꾼도 두더지에겐 손발들었다는데, 나만 당하는 일이 아니라고 위안하니 좀 편해진다.

　세상에 참고 져야 하는 것이 두더지뿐이랴. 그나마 밭에서 두더지와 싸우는 일은 견딜 만하다. 사람 두더지만 만나지 않는다면 말이다. 이 정도에서 두더지와의 싸움은 접고 일찌감치 절임 배추 주문처나 알아 봐야 하지 않을까 싶다.

카페의 몰락

여고 동창회 30주년을 기점으로 인터넷 동창 카페가 개설되었다. 내 컴퓨터 실력은 겨우 인터넷 검색이나 하며 직원이 올려놓은 업무 내용을 들여다보는 수준이었다. 컴맹이나 다를 바 없던 내게 인터넷 카페는 신세계였다.

친구들을 만나지 않아도 댓글이나 대화창을 통해 쉽게 소식을 접할 수 있으니 게으른 내겐 딱 좋은 소일거리였다. 인터넷을 서핑하며 음악이나 그림을 훔쳐다 날랐다. 컴퓨터를 제대로 배운 친구가 보면 웃겠지만 어설프게나마 게시물을 만들어 올릴 수 있었다. 배경을 멋지게 꾸며서 올린 음악은 인기가 좋았다.

밤낮을 가리지 않고 카페에서 살았다. 내가 올린 음악이나 글에 대한 댓글이 궁금해서 기다려졌고 낡았던 감성도 되살아났다. 잊고 싶은 힘든 현실의 문제도 잊을 수 있었다. 도낏자루가 썩는지 마는지도 모를 만큼 빠져 있었다.

정수리가 데일 정도로 뜨거웠던 태양의 열기와 더불어 열대야가 사라진 날이었다. 그날따라 석양이 선홍빛이었다. 저물어 가는 빛이 저리 아름다운데 인간은 그럴 수 없는 걸까. 나이 들어간다는 사실이 슬펐다.

이 밤의 고요 속에서 외로워 보여도 아름다울 아니, 외로워서 아름다운 여인이고 싶다. 나를 스쳤던 가난한 디렉터. 그가 대작을 만들어 한때 사랑했던 여인과 함께하겠노라고 말해 줄 수 없을까 하는 환상으로라도 세월을 견뎌 보고 싶다. 늙는다는 것은 시선이 멀어진다는 얘기겠지. 그래도 어깨 두드려 뒤돌아보게 하진 않겠다.

그날 밤 동창 카페 넋두리 방에 올린 글의 일부다. 그냥 가슴이 이끄는 대로 썼는데, 상상의 섬 이어도처럼 여자들만 모인 동창들이어서 반응이 아주 난리였다. 중·고 6년을 같이 다닌 친구들, 초등학교까지 동창인 친구는 12년을 같이 지낸 사이여서 반응이 직설적이었다.

'아주 발악을 하는구려.'

'너 남자 생겼냐?'

'그 디렉터 놈은 누고?'

'과연 너다워, 멋지다. 파이팅!'

'뭐가 그리 어렵냐?'

그중 나와 마음이 통하는 친구는 내 글과는 관계없는 댓글을 달았다.

> 요즘 게임하느라 아래만 쳐다보니 턱의 가로 주름이 더욱 깊어진다. 잠시 고개 들어 하늘 보니 낯설도록 푸르고만. 거기에 가을이 뭉게구름과 함께 있는데, 이놈의 가을 가고 나면 어쩌나.

무언으로 나를 지지하지만 나와 같은 족속으로 오해받을까 봐 두려워서인지 다소 엉뚱한 표현을 했다.

가족 같은 친구들인 줄 알았는데 생각과는 달리 난 한마디로 위험한 아니, 그들 말대로라면 바람난 여자가 돼 있었다. 내가 끄적거린 글을 다시 읽어 보니 오해할 수도 있지만 앞뒤 잘라내고 그 부분만 문제 삼으면 안 된다고 변명을 하려니 구차스러웠다.

'까짓 거 아니면 말지, 또 그렇다면 어쩔 거야?' 할 만한 배짱도 없어서 한동안 가슴앓이를 했다. 괜히 카페에 되지도 않은 글을 올렸다 이 무슨 수난인가 싶은 자책도 들었다.

그렇지만 해명하지 않았다. 부정이 긍정이 될 것 같아서 구태여 부인하고 싶지 않았다. 길을 걷다 보면 개도 만나고 소도 만난다는 아주 평범한 진리가 머리 한구석에 자리잡고 있으니 별꼴 다 본 걸로 치부하고 지나가기로 했다.

나는 가까운 친구에게 말했다.

"내가 언제 한번 뒤집어지는 연애소설을 써볼까 했는데, 니네들이 자서전이라고 할까 봐 안 쓸란다."

제발 이상한 상상 좀 하지 말라는 표현이었다.

그 뒤로 마음이 편치 않아서 카페에 들어가지 않았다. 단 며칠이었는데 카페가 시름시름 앓는가 싶더니 개점 휴업 상태가 됐다. 순식간에 조회 수가 제로가 되었다. 애당초 존재하지 않았던 것처럼.

그동안 없는 실력까지 짜내 카페를 운영했는데 공은 고사하고 나 혼자 무안하기까지 했다. 그 누구도 아쉬워하지 않았다. 내 마음이 편치 않아 엉거주춤하는 사이 때를 맞춘 듯 카카오톡이 생기고 친구들은 모두 밴드에서 쑥덕거리고 있었다.

카페는 망할 수밖에 없었다. 망하는 데 걸린 시간은 예상보다 짧았다. 나의 역할은 별문제가 아니었다. 스마트폰의 대세에 밀렸을 뿐이었다. 몸의 일부처럼 따라다니는 스마트폰을 열면 친구도 음악도 글도 정보도 다 해결할 수 있게 됐으니 데스크톱 컴퓨터는 번거로운 물건이 돼 버렸다. 카페 앱을 깔면 가능하기도 하지만 댓글이 카톡의 속도처럼 빠를 순 없었다.

유행처럼 왔다가 사라지는 것이 카페뿐일까. 영원할 것만 같은 것이 사라지고 멀어졌을 때 어떤 말로 표현해야 할까. 누가 굳이 원하지도 않은 사명감에 불타 글을 올리고 음악을 훔쳐다 올리면서 즐겁고 행복했는데. 처음엔 많이 섭섭했다.

어쩌다 카페의 흔적을 뒤적여 볼 때가 있다. 내가 만들었던 공간들. 아쉽다. 지나간 것들은 추억이 되고 다시 복고라는 이름으로 돌아올 때도 있다. 그러나 그건 내가 얼마동안 즐거웠던 기억의 공간일 뿐, 친구들을 다시 불러모으기엔 새로운 것에 무력할 뿐이었다.

풍랑을 견디지 못하고 가라앉은 난파선처럼 깊은 인터넷 바닷속에 잠들어 있는 동창 카페는 오늘도 미동이 없다.

신점 무당 해프닝

지난해 정초에 지인들과 대화를 나누다가 점 애기가 나왔다. 대화의 시작이 점을 보자는 건 아니었는데 금세 신년을 핑계 삼아 점을 보겠다는 쪽으로 흘러가고 있었다.

영험하다는 여러 무당이 거론되었는데, 어느새 내가 말한 신점 무당으로 압축돼 갔다. 일반적인 점이 아니고 신점이라 하니 '신神'자에 더 믿음이 갔는지 모두 호기심이 발동하는 듯했다. 사실 그 신이라는 것이 무슨 의미인지 설명할 수는 없었다. 내 경험담에 믿음이 갔을까. 잘 맞히겠다는 분위기였다.

내 가까운 지인은 단골무당이 있다. 가끔 초빙해서 점을 보고 무슨 일이 생기면 굿도 했다. 나보고도 점을 보라고 부추기기도 했다.

어느 날 나는 좀 엉뚱해지기로 했다. 점을 보고 나면 분명 뭐가 안 좋으니 굿을 하라고 할 터였다. 두 눈을 부릅뜨고 무당을 째려보니 기가 꺾여 할 말을 못하고 눈동자를 어디 둘지 몰라 했다. 오히려 자기보다 신발神發이 세니 신을 받으라면서 한마디도 하지 못했다. 그랬던 내가 점을 보고 무당을 사람들에게 소개하게 되다니.

내가 그 무당을 처음 만났을 때 그는 보살이란 호칭이 싫다 했다. 묻지는 않았지만 보살의 의미를 안다면 마땅한 호칭은 아니라고 나도 생각했다. 전직이 교사였으니 선생님이라고 불러 주길 원했다. 그것도 확인된 바 없기 때문에 마땅하다고 생각할 수 없었다. 그런데 운세는 봐주되 절대 굿은 권하지 않는다 했고, 점 볼 사람을 소개하지 말라는 말에 호감이 가서 호칭을 얼버무리면서 가끔 차 마시는 사이가 되었다.

어느 날 그녀의 법당에 차 마시러 간다는 명분으로 갔는데 내심 점을 보고 싶었다. 그녀는 첫말부터 강편치를 날렸다.

"오빠가 육십도 되기 전에 가셨네요."

그러고는 생긴 모습을 상세히 열거했다. 내 외양을 보고 오빠 모습을 그려낼 수 있겠지만, 오빠가 일찍 돌아가셨다는 것을 맞히는 바람에 일반적인 액수보다 많은 복채를 아낌없이 냈다.

오빠와 난 유난히 각별했다. 돌아가신 지 오래되었는데도 순간 오빠의 영혼이라도 다녀가지 않았을까 하는 마음에 복채를 많이 주었던 것 같다.

그날 인생 상담이라 생각해도 괜찮겠다 싶어서 신점 무당에 대해 얘기하게 되었다. 다른 무당에 비해 복채가 두 배 정도 비쌌는데도 그게 더 신임이 갔는지 정심 씨가 제일 먼저 가보겠다고 자리를 떴다. 우린 심판을 받는 심정으로 정심 씨를 기다렸다.

한참만에 그녀는 눈자위가 퉁퉁 부어 거의 실신할 것 같은 모습으로 돌아왔다. 가족 이름과 사주를 다 쓰라 해서 부부와 아들 한 명을 써냈더니 아들이 한 명 더 있는데 왜 빼놓느냐며 호통을 쳐서 기절할 뻔했다는 거였다.

일 년 전 교통사고로 아들을 잃은 정심 씨는 그 말에 북받쳐서 통곡해 버렸다는 것이었다. 죽은 아들이 자기를 위해 제를 지내느라 많은 돈을 쓰고 있는 엄마가 안타까워 구천을 맴돌고 있으니 생전에 좋아하던 김치전에 막걸리만 올려주면 된다는 말은 했다는 거였다. 사실 그녀는 죽은 아들을 위해 많은 돈을 써가며 제를 드리고 있었다. 게다가 김치전과 막걸리를 좋아한 것까지 맞히니 그야말로 신점이 되고 말았다.

듣고 있던 강 여인이 빨려들 듯 달려갔다. 며칠 전 아들이 바리스타 자격증을 취득하자마자 홍대 앞에 가게를 계약했는데 여간 걱정이 아니라 했다.

모두 흔들리고 있었다. 그리고 두 사람뿐 아니라 다른 사람들도 연줄이 닿아 많이 갔다. 한 달쯤 지나 예약을 받을 정도가 되자 나는 슬슬 불안해지기 시작했다.

그러던 어느 날 정심 씨가 무당에게서 전화가 왔다고 했다. 정심 씨 아들 때문에 자기 가슴이 터져 버릴 것 같다면서 오란다는 것이었다. 아무래도 굿을 하라고 할 것 같은 직감. 복채 몇만 원 준 것은 아들 잃은 심정을 알아준 것으로 치고 굿을 하는 건 아닌 듯했다. 현명한 정심 씨도 이미 마음을 다지고 있었다. 왠지 미안했다.

굿하라고 꼬드기는 솜씨가 고단수라는 생각에 기분이 묘해졌는데, 문제는 강 여인이었다. 소리 내서 웃는 것을 좀체 볼 수 없을 만큼 고고해 보이는 여인인데도 귀는 얇았던가 보다. 금으로 된 엄마의 패물로 정성을 드려야 아들의 장사가 잘 된다는 무당의 말에 금붙이를 모조리 갖다 주었다는 얘기였다. 어처구니없는 일이었다.

평소에 나를 잘 따르던 민주도 무당 선생에게 막장 드라마 같은 말을 들었다고 하니 격분하지 않을 수 없었다.

민주가 재미로 본 거라며 나를 진정시켰지만, 문제는 내가 여러 사람 있는 곳에서 그 무당 얘기를 했다는 사실이었다. 가보라고 부추긴 결과가 되었으니 말이다. 무속인이라고 대접하고 차도 같이 마신 것이 무색하기 이를 데 없었다.

내 입에서 나온 말들을 주워 담고 싶었다. 그런데 굳이 그럴 필요가 없는 사건이 발생했다. 그 무당은 상당히 많은 시간을 제한된 공간에서 참회하며 지낼 수밖에 없는 몸이 되었다고 한다. 애기를 낳게 해 주겠다며 거액의 돈을 갈취한 일이 여러 번 있었던 것이다. 자신의 운명은 받아 낸 금붙이나 돈으로 보속할 순 없었을까.

돌아보면 눈빛 하나로도 다른 무당을 꼼짝 못하게 했던 내가 오빠에 관한 말에 흔들렸던 것은 늘 오빠를 그리워했기 때문일 것이다. 신점 이야기를 듣고 찾아간 정심 씨, 강 여인, 민주도 마찬가지 아니었을까. 겉보기엔 야무져 보이는 사람도 저마다 아픈 사연은 하나씩 있을 테고, 무당은 그 허점을 흔들었을 것이다. 맞을 때도 있고 틀릴 때도 있지만, 흔들리는 사람에겐 판단이 잘 서지 않았던 게 아닌지.

나 때문에 무당 선생이 예약을 받을 만큼 점집이 잘 된 걸 보면, 내 말을 믿는 사람들이 많다는 것인지도 모른다. 무당도 신발이 세다고 했는데 차라리 내가 나서서 신점을 봐주는 건 어떨까. 마음 아픈 사람들을 위로하고 앞날을 좋게 봐줘서 자신감을 얻어 간다면 컨설턴트와 심리치료사로서 역할을 잘 해낼 수 있을 것 같은데.

삐치고 싶었다

국민안전처에서 긴급 재난 문자가 날아왔다. 폭염경보 36도니 노약자는 밖에 나가지 말라는 문자였다. 나한테만 보낸 것은 아닐 텐데 나도 해당될지 모른다 생각하니 괜히 심사가 편치 않았다. 이순耳順에 듣는 대로 이해할 수 있게 되었다는 공자님 말씀이 아직은 어렵다. 평균 수명이 길어졌으니 좀 유예시켜도 되지 않을까.

예전 같으면 내 나이는 곳간 열쇠 내주고 뒷방 신세가 되었지만 지금은 고전 같은 얘기다. 평균 수명을 계산해 보면 나는 아직 현역이다. 미약하지만 경제 활동을 하고 있으니.

내 마음은 아직 젊은데 자식이 바라보는 나는 그렇지 않은가 보다. 아기 때부터 이것저것 가르치는 요즘 부모에 비해 뭘 가르치지 않는 며느리가 걱정돼서 한마디 했다가 움찔했다. 내가 늙어 몰라서 하는 말이라는 반격이 스리쿠션으로 들려왔다. 나는 삐치고 싶었다.

거울은 날 속이지 못한다. 마음먹고 산 값비싼 거울은 보고 싶지 않은 잔주름까지 다 보여 준다. 지난해부터 주름과 처지는 근육에 가속이 붙은 것만 같다. 거울에 비친 모습을 보다가 조절이 안 될 때는 강남 쪽 성형외과 병원에서 강한 유혹이 온다. 그것도 삐치고 싶었다.

여고 동창들은 고향이 같고 어려서부터 가깝게 지내 온 사이여서 자주 만나고 여행도 자주 한다. 어느 날부터 나는 그들에게서 멀어졌다. 내가 스스로 멀어진 것이다. 내가 경제적으로 예전 같지 않으니 그럴 수밖에 없다는 건 친구들도 이해하겠지만, 그런데도 나는 외롭고 슬펐다. 나를 찾지 않는 친구들에게 삐쳐 있었다.

주위의 관계들과 소원해지면서 자꾸 삐칠 일만 생겼다.

잃으면 얻는 것도 있다는 말을 나는 제일 싫어한다. 무슨 억지인가. 잃었으면 잃은 거지 뭘 얻는다는 말인가. 곤궁에 처한 사람을 빈정대는 말인 것 같다. 그것도 삐칠 일이다.

무심한 시간은 흘러가고 내가 삐치면 삐칠수록 고독하고 고립되어 가고 있었다.

근래에 우연히 알게 된 여인이 나와 처지가 비슷한 것 같아서 동병상련이라 생각했다. 그런데 여인의 말이 새로운 말처럼 가슴에 박혔다.

'있는 만큼으로만 살겠다.'

대단한 웅변도 아니고 처음 듣는 말도 아닌데 어떤 성현의 말씀보다도 가슴에 와 닿았다. 현실을 부여잡고 안달하던 내게 지침이 되는 말이었다. 한순간에 깨닫는다는 말이 바로 그런 것이 아닐까 싶었다. 자칫 자기 합리화처럼 들릴지도 모른다. 하지만 지금의 내가 받아들여야 할 것을 부정한다면 그것이 억지요 쓸데없는 욕심이라는 것을 알아야 할 때가 된 것이다.

돈을 벌겠다는 생각도, 더 불려 보겠다는 욕심도 버린 그녀는 집을 담보로 노후생활에 필요한 자금을 연금 형태로 대출해서 생이 끝나는 날까지 살겠다는 구체적인 계획도 세우고 있었다. 그리고 좋아하는 골프에 드는 비용은 최선을 다하겠다는 말이었다. 운동 비용을 저축하겠다면 그녀의 표정이 그토록 편안해 보이지 않았을 것이다.

운동을 하고 온 그녀의 얼굴이 행복해 보였다. 내겐 뙤약볕에서 김매는 노동처럼 고달파 보이는 골프. 그런데도 그녀는 나는 알고 싶지 않은 타수에 신이 나 있었다.

연일 폭염이 계속 될 때였다. 집에 있던 그녀가 심심했던 지 나를 기웃거렸다. 휴일이어서 온종일 도서관에 있는 나에게 왜 사서 감옥살이를 하고 있냐고 물었다. 그녀에겐 그렇게 보일 수도 있겠다. 세상이 타들어가는 폭염에 시원한 도서관에서 책 읽고 글 쓰는 난 좋은데….

넉넉지 않아도 좋아하는 것이 있어 즐기고 살 수 있다면 난 그걸 찾고 싶었다.

별것 아닌 며느리 말에, 멀어진 친구에게 옹졸하게 삐치지 않을 수 있는 그 무엇. 초라해지는 얼굴에 삐치지 않고, 늙어 외로워하지 않을 그 무엇.

나는 이미 그 무엇을 찾아가고 있는지도 모르겠다.

꽃은 지는데

가로등 불빛에 벚꽃이 하얗게 날리고 있었다. 집에서 나와 풀섶에 꽃잎이 눈처럼 소복이 쌓인 산책길을 무작정 걸었다. 가까이 계시는 아버지한테 자주 가지 못하는 것도 그렇고, 올해도 그냥 지나갈 것만 같아 가슴이 답답해서였다. 꽃이 지기 전에 아버지하고 벚꽃 길을 걸어야겠다고 생각한 뒤부터 괜한 의무감이 날 짓눌렀다.

밤새도록 떨어졌으니 꽃이 남아 있기나 할까. 아버지는 몇 번이나 더 벚꽃을 보실 수 있을까. 아침이 되니 지레 아쉽고 뒤숭숭했다. 아예 꽃을 보지 않는 게 허물어지는 마음을 다스릴 수 있다고 생각했다. 마음이 움직이지 않아 이불을 머리까지 덮어 버리고 아버지가 싫어할지도 모른다고 속으로 핑계를 대고 있었다.

아버지한테 가는 길 호숫가 벚나무들은 나이가 많다. 그래도 아직은 꽃이 한창 필 땐 터널을 만들어 장관이다. 그 길을 걸어서 아버지한테 갈 때면 나는 아주 오래된 기억을 더듬어 보곤 했다. 아련하지만 어느 부분은 선명하기도 하다.

네 살쯤이었을 것이다. 부엌문 앞에서 할머니와 일하는 아주머니를 바라보고 있었는데 세상이 떠나갈 듯 큰 소리가 들렸다. 마이크에서 나오는 아버지의 목소리를 처음 들은 나는 너무 놀라 진저리를 치며 울었다. 할머니가 부엌에서 튕기듯 달려나와 안고 달래 주셨다. 선거철이라 유세하는 차에서 들리는 아버지 목소리를 따라 큰언니가 나를 데리고 신작로로 나갔다. 차가 지나간 뒤 흙먼지와 벚꽃이 신작로를 가득 메웠다. 휘날리는 꽃잎에 어지러웠다.

벚꽃이 필 때면 어릴 적 마이크에서 나오던 아버지 목소리와 그때가 생각났다. 하얀 꽃잎들도. 훤칠한 키에 미남이던 젊은 아버지와 네 살이던 나. 아버지와 함께 그 시간으로 돌아가고 싶었다. 그러나 해마다 마음뿐, 꽃은 지고 말았다. 아버지한테는 내게 그런 기억이 있다는 말조차 하지 않았다. 마음의 끈을 풀어놓지 못한 까닭이다.

엄격하고 불같은 아버지가 집에 들어오시는 순간, 가족

중 누구 한 명이라도 보이지 않거나 인사가 늦으면 집안은 초비상 상태가 되었다. 엄마 퇴근시간이 조금만 늦어도 아버지는 지축이 흔들릴 정도로 고함을 지르고 화를 내셨다. 엄마가 힘들어할 때마다 내 곁을 떠나갈까 봐 걱정하고 두려웠던 날들이 나에겐 상처였다. 커서도 늘 사열식 분위기였다. 그런 아버지가 싫었다. 그렇게 살아온 내겐 누굴 만나는 것도 또 그 뒤 헤어져야 하는 것도 막연한 두려움이었다. 아버지가 무서워서 아예 시작할 수도 없었다.

지금도 여전히 아버지가 무섭다. 아니 이젠 무섭다기보다는 예전 모습이 지워지지 않아 피하는지도 모르겠다. 자주 뵙지 않는 만큼 마음은 더 무겁다.

벚꽃잎이 날리는 호숫가에 함께 있는 아버지와 나의 모습을 그려본다. 천천히 걸으며 찻집을 만나면 차도 마시고, 빵집을 만나면 달콤한 단팥빵도 먹고. 아버지와 걸으면서 나는 무슨 말을 할까. 거기까지 생각하자 내 마음은 또 막혀버린다. 아버지는 여전히 훈계를 하거나 중국사 긴 얘기나 정치 얘기를 하실 것이다. 요즘은 경제 얘기를 많이 하신다. 내가 힘들어지니 조언을 하시고 싶어서인지도 모르겠다. 그럴 땐 딸을 걱정하는 마음이 오죽하랴 싶어도 내 머리는 더 복잡해진다.

베란다에서 산책길을 내려다보니 바람이 불고 있다. 뭉텅이로 잘려 나가듯 꽃이 지고 있다. 아버지가 떠나고 나면 난 얼마나 후회를 할까. 외로워도 표현하지 않는다는 걸 모르는 것도 아닌데.

아버지가 몇십 년이나 더 사실 것처럼 자꾸 변명만 하고 있다.

훔치고 싶은 시간

펴낸날   초판 1쇄 2018년 1월 15일

지은이   남정인
펴낸이   서용순
펴낸곳   이지출판

출판등록   1997년 9월 10일 제300-2005-156호
주 소   03131 서울시 종로구 율곡로6길 36 월드오피스텔 903호
대표전화   02-743-7661   **팩스**   02-743-7621
이메일   easy7661@naver.com
디자인   박성현
인 쇄   (주)꽃피는청춘

ⓒ 2018 남정인

값 13,000원

ISBN 979-11-5555-086-1   03810

이 도서의 국립중앙도서관 출판예정도서목록(CIP)은 서지정보유통지원시스템 홈페이지
(http://seoji.nl.go.kr)와 국가자료공동목록시스템(http://www.nl.go.kr/kolisnet)에서
이용하실 수 있습니다.(CIP제어번호: CIP2017035825)